영어 내신 1등급 만들기

영어쌤의

LICENSE
TOP SECRET
TO LEARN

탑
그
시크릿

최진선·차민경 공저

씨마스

"중간고사 어떻게 준비해야 되죠?"
"말하기 수행평가 자신 없어요."
"글의 순서 문제는 어떻게 공부해요? 빈칸 추론 문제보다 더 어려운 것 같아요."

학교 시험이 다가오거나 수행평가 기간이 되면 걱정스러운 얼굴로 선생님을 찾아오는 학생들이 많아요. 그런 학생들에게 어떻게 공부하고 있는지 물어보면, 본문을 무작정 암기하고 있거나 학원에서 나누어준 엄청난 양의 문제들을 푸는 경우가 대부분이었어요. 물론 이러한 방법이 효과가 없는 것은 아니에요. 하지만 내신 1등급을 위해서는 좀 더 탄탄하고 흔들리지 않는 영어 실력이 필요해요. 시험 범위에 해당하는 본문이 많아지면 진정한 영어 실력 없이 좋은 등급을 유지하기 어렵거든요. 이 책에서는 영어 실력을 키우며 내신을 효과적으로 대비하는 방법을 알아볼 거예요.

이 책은 특히 이런 학생들에게 도움이 될 거예요.

## 중3 기말고사를 마치고 허송세월하는 예비 고1 학생들

중학교 3학년 기말고사 이후부터 고등학교 입학 전까지는 영어 실력을 향상할 수 있는 황금 같은 시간이에요. 이 시기에는 중학교 때 배웠던 문법을 총 복습하고,

필수 영어 단어를 열심히 외워야 해요. 중학교 때 소위 영포자였다 하더라도 이 시기에 어휘와 문법을 열심히 해두면, 고등학교에 와서 충분히 영어를 따라갈 수 있어요. 그런데 그것만으로 좋은 내신을 받기는 어려울 수 있어요. 중학교와 고등학교 영어 내신 유형은 아주 다르거든요. 중학교 때 영어 좀 한다고 어깨가 으쓱했던 친구들도 고등학교에 들어가면 내신 4등급도 받기 힘들어하는 경우가 많아요. 이 책을 통해 고등학교 영어 시험이 어떤 식으로 출제되는지 알고 준비한다면 중3 겨울 방학이 좀 더 보람찰 거예요.

## 영어 시험공부를 어떻게 해야 할지 몰라 방황하는 고1 학생들

최근 대학 입시에서 정시 비율을 늘린다는 정책이 발표되었지만, 여전히 학교 내신 성적은 중요해요. 정시 합격 비율은 재수생, 삼수생이 높고, 당해 졸업생들은 수시로 대학에 합격하는 비율이 높지요. 수시로 대학을 진학하려면 기본적으로 내신 성적이 좋아야 해요. 그런데, 잘하고 싶다는 마음은 간절하지만, 도대체 무엇을 어디서 어떻게 시작해야 할지 모르겠다는 학생들이 의외로 많더라고요. 이 책을 처음부터 꼼꼼히 읽다 보면 영어 내신을 어떤 식으로 준비해야 할지 길이 보일 거예요!

## 아무리 영어 공부를 해도 성적이 오르지 않아 공부 방법을 바꾸고 싶은 고등학생들

영어 공부를 더 열심히 했는데도 여전히 제자리인 영어 성적 때문에 막막하고 너무 속상한 친구들도 있지요. 다른 애들이 공부를 워낙 잘하는 것인지, 내가 엉뚱하게 공부하고 있는 것인지 잘 모르겠고, 영어라는 과목이 나한테 맞지 않는 것 같기도 하고, 영어를 포기하고 싶은 마음이 생기기도 해요. 그럴 때 포기하지 말고, 학교에서 본 영어 시험지와 이 책을 비교해 보세요. 내가 자주 틀리는 유형이 무엇인지 확인해 보고, 그 유형에 대한 공부 방법을 읽어보면, 문제점과 보완 방법을 알게 될 거예요!

이 책은 학교 시험에서 자주 출제되는 문제를 유형별로 설명해 놓았어요. 자신의 현재 실력에 따라 책을 처음부터 읽어도 되고, 자신이 자주 틀리는 유형에 관한 부분만 찾아 읽어도 돼요. 다만 주의해야 할 점은 이 책만 가지고 공부를 해서는 안 된다는 거죠! 여러분이 필수적으로 암기하거나 알아두어야 할 것을 밝혀두기는 했지만, 그것만 암기했다고 해서 공부가 끝났다고 생각해서는 안 된다는 걸 명심하세요. 이 책은 어떻게 공부라고 방향을 알려주는 것이지, 문제집이나 참고서가 아니거든요. 자신이 잘못 공부하고 있거나 보충이 더 필요하다고 생각하는 부분은 관련 문제집이나 참고서를 적극 활용하세요!

여기에서 설명하는 방식대로 공부를 했는데 성적이 오르지 않았다고 포기하거나 본문만 암기하고 끝내는 방식으로 돌아가지 마세요. 효과가 곧바로 나타나지는 않더라도 제안한 방법대로 꾸준히 공부하다보면 내신뿐만 아니라 수능에서도 좋은 결과를 얻을 수 있어요.

영어 공부를 어떻게 해야 할지 또한 공부를 해도 성적이 왜 오르지 않는지 답답하고 속상한 여러분들이 모쪼록 영어 공부 방법에 대한 감을 잡고 진정한 실력을 쌓을 수 있기를 바랍니다.

저자 일동

머리말

## Part 1.
# 영어 공부,
## 어떻게 해야 하나요?

## Part 2.
# 영어 선택형 문제,
## 이렇게 준비하자!

Part 3.

# 영어 서술형 문제,

## 이렇게 준비하자!

## Part 4.
# 영어 수행평가,
## 이렇게 준비하자!

# Part 5.
# 학교생활기록부,
## 이렇게 준비하자!

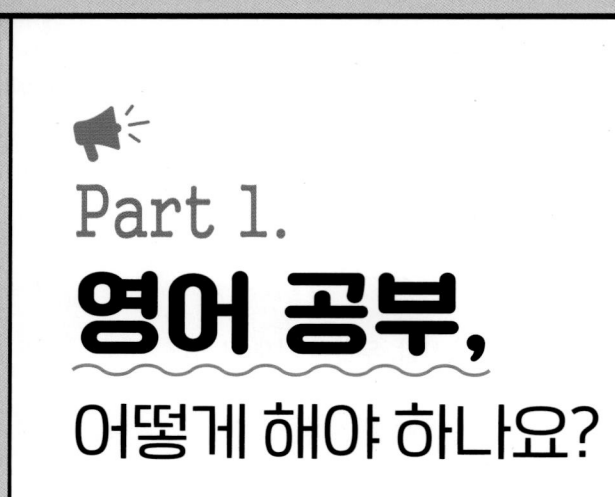

Part 1.

# 영어 공부,
어떻게 해야 하나요?

# 1.
# 영어 공부,
## 왜 해야 하나요?

'영어 통·번역기 앱을 이용해 대화를 주고받을 수 있는데, 굳이 영어를 공부할 필요가 있을까?'라고 생각할 수 있어요. 하지만 번역기를 통해 반 박자 느리게 나오는 말은 어색하고 상대방에게 불편함을 줄 수 있을 것 같아요. 게다가 전 세계 사람들이 사용하는 인터넷에 있는 정보는 정작 반 이상 영어로 되어 있어요. 그래서 우리가 필요한 정보를 얻으려면 영어를 공부해야 하는 거예요.

프랑스 사람과 우리나라 사람이 만나면 서로 어떤 언어로 대화를 할까요?

두 사람이 상대 나라의 말에 유창하지 않은 이상 영어로 대화하게 되죠. 그것이 바로 영어, 세계 공용어의 힘이에요.

"인공 지능 번역 앱(App)이 있는데, 영어 공부할 필요가 있나요?"

이렇게 묻는 학생도 있어요.

선생님도 '인공 지능을 기반으로 통·번역기 앱이 완벽해지면, 모든 사람이 그것을 이용해 의사소통하는 것이 아닐까?'라고 생각했었어요. 그런데 스페인에 있는 한 작은 마을에 가 본 후 생각이 바뀌었죠. 스페인어를 모르니, 그곳에 있는 식당에 들어가서 번역기를 이용해 음식을 주문하려고 했어요. 먹고 싶은 메뉴를 번역기 앱에 입력하고 재생 버튼을 눌렀죠. 휴대 전화에서 스페인어가 흘러나왔지만, 식당 주인은 선생님만 바라봤어요. 눈짓으로 휴대 전화를 가리켰어요. 하지만 주인은 점점 짜증이 차오르는 눈빛으로 선생님만 쳐다봤어요. 주문은 하지 않고 휴대 전화만 본다고 생각했나 봐요. '손가락으로 휴대 전화를 가리키며 앱을 써보라고 할까?'하는 생각이 들었지만, 그 수고를 하느니 그냥 영어로 주문하는 게 낫겠다 싶어서 결국 마음을 접었어요. 손가락으로 메뉴판을 가리키며 영어로 주문을 하니, 주인은 만족스러운 표정을 지으며 바로 음식 가격을 알려줬어요.

이 경험을 통해 상대방이 번역기 앱을 사용할 의사가 없으면 나도 이용할 수 없다는 걸 알게 되었어요. 외국에는 우리나라처럼 광케이블이 전역에 설치되어 있거나 무선 인터넷이 잘 되어 있는 곳이 많지 않더라고요. 사람들이 모두 최신 스마트폰을 갖고 있지도 않고요. 이런 곳에 사는 사람들까지도 통·번역기 앱을 거부감

없이 사용하려면 꽤 시간이 걸릴 것 같다는 생각이 들었어요.

　'내 말만 영어로 바꿔주는 번역기를 쓰면 되지'라고 생각할 수도 있겠지만, 기계를 통해 반 박자 느리게 나오는 말은 상대에게 불편함을 줄 수 있을 것 같아요. 동영상을 볼 때 영상과 음성이 어긋나 한 번에 나오지 않을 때 어색함을 느껴본 친구라면 공감할 거예요.

　정보의 바다인 인터넷에서는 어떤지 살펴볼까요? 미래 사회에서는 정보를 머릿속에 넣는 것보다 정보를 찾아내고 활용하는 능력이 중요하다는 말 들어봤을 거예요. 다음은 인터넷 콘텐츠에서 사용된 언어를 조사한 도표예요. 인터넷 콘텐츠로 가장 많이 사용된 언어가 영어이고, 그 다음이 러시아어네요. 그런데 영어와 러시아어를 사용하는 비율의 차이가 무척 크다는 사실을 알아챘나요? 전 세계 사람들이 사용하는 인터넷이지만, 정작 인터넷에 있는 정보의 반 이상은 영어로 되어 있네요.

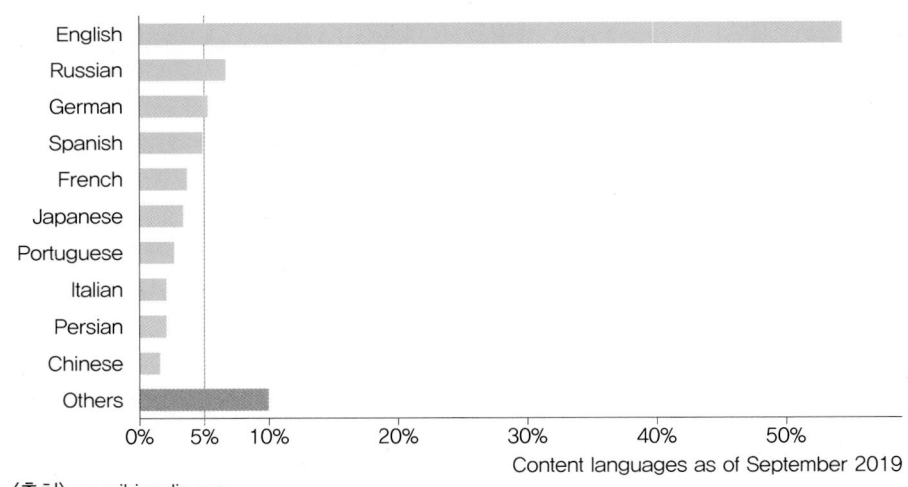

〈출처〉 en.wikipedia.org

　그리고 다음 도표는 인터넷 사용자가 쓰는 언어를 나타낸 거예요. 도표를 보니, 영어를 사용하는 인터넷 사용자가 가장 많고, 중국어를 사용하는 인터넷 사용자가 두 번째로 많네요.
　앞에서 말한 도표와 함께 비교해보면 흥미로운 사실을 확인할 수 있어요. 중국인이 인터넷을 두 번째로 많이 사용하지만, 중국어로 되어 있는 인터넷 콘텐츠는 2%가 안 된다는 것이지요. 이런 사실을 통해 다음과 같이 미루어 짐작할 수 있겠어요. 영어 사용자가 인터넷 콘텐츠를 압도적으로 많이 업로드한다는 것이고, 다른 언어를 사용하는 인터넷 사용자도 영어로 정보를 업로드한다는 것이죠. 우리가 필요한 지식을 인터넷에서 얻으려면 영어를 읽을 수 있는 능력이 있어야겠어요.

| Rank | Language | Internet users | Percentage |
|---|---|---|---|
| 1 | English | 1.105.919.154 | 25.2% |
| 2 | Chinese | 863,230,794 | 19.3% |
| 3 | Spanish | 344,448,932 | 7.9% |
| 4 | Arabic | 226,595,470 | 5.2% |
| 5 | Portuguese | 171,583,004 | 3.9% |
| 6 | Indonesian / Malaysian | 169,685,798 | 3.9% |
| 7 | French | 144,695,288 | 3.3% |
| 8 | Japanese | 118,626,672 | 2.7% |
| 9 | Russian | 109,552,842 | 2.5% |
| 10 | German | 92,304,792 | 2.1% |
| 1–10 | Top 10 languages | 3,346,642,747 | 76.3% |
| – | Others | 1,039,842,794 | 23.7% |
| Total | | 4,386,485,541 | 100% |

〈출처〉 en.wikipedia.org

고등학교 때 영어 공부를 해둘걸.

# 2.
# 영어 성적,
## 왜 오르지 않을까요?

공부를 열심히 하는데도 성적이 오르지 않아서 고민이라면 자신의 학습 태도나 공부 방법에 문제가 있지 않은지 생각해 보세요. 잘못된 학습 방법으로 소중한 시간과 에너지를 낭비하지 않기 위해서는 자신의 공부 방법과 학습 태도를 스스로 점검해 볼 필요가 있어요. 어디에 문제가 있는지 원인을 파악해서 올바르고 효율적인 학습 태도와 방법으로 꾸준히 개선해 나간다면 성적이 오르는 건 시간문제에요!

"선생님, 영어 성적이 안 올라요."

고등학교에 들어와서 시험을 몇 번 본 후 이렇게 말하는 친구들이 많이 있어요. 수능에서 영어가 절대평가로 전환되면서 영어가 쉬워질 거라는 기대가 있었어요. 하지만, 수능 영어에서 90점 이상의 점수를 받는 학생들의 비율은 5~7%대를 유지하고 있어, 수능 영어가 어느 정도의 난도를 유지하고 있음을 알 수 있어요. 오히려 공부를 해도 성적이 오르지 않아 힘들어 하는 친구들이 많은 것 같아요.

그런 친구들의 이야기를 들어보면, 문법에 대한 자신감이 없어 문법 공부에 치중하다가 다른 문제에서 틀리기도 하고, 서술형 답안을 작성하다가 여기저기에서 실수를 해 감점을 받았다고 하네요. 마음먹고 단어를 외우려 해도 단어의 수준이 높고 양도 많아 이미 외운 단어는 자꾸 잊어버리고... 밑 빠진 독에 물 붓는 것처럼 보람도 없고 마음은 불안하지요. 어디서부터 어떻게 공부해야 할지 몰라 결국 본문을 외우며 시험을 대비하는데, 성적이 생각만큼 잘 오르지 않는대요.

위에서 말한 내용이 나 자신의 이야기 같다면, 공부하는 방법을 점검해 보고 효율적인 방법으로 바꿔야 할 때에요. 알버트 아인슈타인은 "정신 이상이란 똑같은 일을 반복하면서 다른 결과를 기대하는 것이다. (Insanity is doing the same thing over and over again and expecting different results.)"라고 말했어요. 공부하는 방식에 대해 점검해 보지 않고, 무작정 성적이 오르기를 바라는 것은 아니었는지 생각하게 만드는 명언이에요.

시험을 준비할 때마다 암기한 본문이 머릿속에 차곡차곡 쌓여서 나중에 마음대로 꺼낼 수 있다면 정말 좋겠죠. 그런데 선생님이 본문을 암기하면서 공부한 학생들에게 물어봤는데 지난 시험에 암기한 것은 다음 시험 때 기억이 나지 않는다고 해요. 결국 매 정기고사마다 본문을 외우다가 지쳐, 대강 공부하게 되고, 성적은 그냥 그 자리에 멈춰있게 되는 거죠.

사실 고등학교 영어 시험과 중학교 영어 시험은 비슷하면서도 다른 면이 있어요. 고등학교 시험 범위는 중학교와 달리 교과서로 한정되지 않아요. 학력평가, 외부 지문 등 다양한 지문을 배우고 그것들이 출제되지요. 소재만 살펴봐도 '효과적인 의사소통 방식', '예술 작품에서 보이는 민족에 대한 사랑', '운동이 창의력에 미치는 영향', '소비자의 심리' 등 과학, 언어, 교육, 예술, 스포츠, 철학 등 무척 다양해요. 소재가 범교과적이니, 외워야 하는 어휘도 다양하고 양도 많죠. 영어를 포기하는 친구들도 있어요.

문제 유형도 마찬가지예요. 문법 문제만 보더라도 고등학교 시험 문제는 더 포괄적이지요. 중학교 때 기본적인 문법을 모두 배우고 온다고 생각해 그 문법을 총망라해서 출제해요. 예를 들어 1단원에서 목표 문법으로 '관계대명사의 계속적 용법'을 배웠다 하더라도 중간고사에서 선택형 문법 문제로 'to 부정사'가 선택지에 나올 수도 있어요. 중학교 때 배웠기 때문에 기본적으로 알고 있다는 전제로 출제하기 때문이죠. 이런 사실을 모르고 고등학교 교과서 문법 시간에 배운 문법만 열심히 공부하다가 시험에서 이런 문제를 마주친다면 무척 당황스러울 거예요.

꿈을 이루는 열쇠는 실패를 딛고 일어나 계속 노력하는 것이랍니다. 우리가 대단하다고 생각하는 많은 사람들은 이 사실을 깨달은 사람들이예요. 이 사람들의 말을 읽으며 자신감을 가지세요. 자신의 학습 태도와 공부 방법을 점검하고 꾸준히 노력하면 여러분의 잠재력도 발휘될 거예요!

"열심히 노력하지 않고 정상에 오른 사람은 없다. 이것이 비결이다. 항상 정상에 오르는 것은 아니지만 꽤 가까이 데려다 줄 것이다. (I do not know anyone who has got to the top without hard work. That is the recipe. It will not always get you to the top, but it should get you pretty near.)"

― 마가렛 대처 (Margaret Thatcher), 전 영국 수상


"배우는 것은 마음이 결코 지치지 않고, 두려워하지도 않고, 결코 후회하지도 않는 유일한 것이다. (Learning is the only thing the mind never exhausts, never fears, and never regrets.)"

― 레오나르도 다빈치 (Leonardo da Vinci), 이탈리아 예술가 · 과학자


"우리의 가장 큰 약점은 포기하는 데 있다. 성공하는 가장 확실한 방법은 늘 딱 한 번 더 시도해 보는 것이다. (Our greatest weakness lies in giving up. The most certain way to succeed is always to try just one more time.)"

― 토마스 에디슨 (Thomas A. Edison), 미국 발명가


"성공하는 사람과 성공하지 못하는 사람은 능력에 있어서는 크게 다르지 않다. 그들의 잠재력에 도달하고자 하는 갈망이 다른 것이다. (Successful and unsuccessful people do not vary greatly in their abilities. They vary in their desires to reach their potential.)"

― 존 맥스웰 (John Maxwell), 미국 작가

# 3.
# 영어 성적
## 올리는 학습 자세와 태도

성적을 올리는 데 있어서 가장 기본은 수업 시간에 집중하는 것이에요. 수업 시간에 집중이 되지 않는 학생은 앞자리에 앉아 보세요. 휴대 전화를 학교에 가져오지 않거나 사물함에 넣어 두는 것, 선생님의 질문에 답해 보는 것도 수업에 집중하고 수업 내용을 이해하는 데 도움이 되지요. 학교에서 배운 것은 집에 가서 복습을 해야 오래도록 기억할 수 있답니다. 성적이 오르지 않는다고 포기하지 말고 영어를 과목으로써가 아니라 본래의 목적인 의사소통의 수단으로 접근해 보세요.

## 첫째, 수업 시간에 집중한다.

수업 시간에 선생님의 말씀에 집중하지 않고 혼자 공부해서 내신을 잘 받겠다고 생각하는 학생이 있다면, 지름길을 두고 먼 길로 돌아가는 학생이에요. 선생님이 강의한 내용에서 시험 문제가 출제되기 때문에 수업 시간에 집중하는 것은 기본 중의 기본이에요! 그런데 너무 안타깝게도 수업 시간에 수업 내용에 집중하기보다는 예쁘게 필기만 하는 학생, 친구와 잡담하는 학생, 휴대 전화에 온 문자를 확인하는 학생 등 집중력이 흐트러지는 학생이 있어요.

영어 성적을 올리고 싶다면, 영어 시간만이라도 맨 앞자리에 앉으세요. 뒷자리에 앉으면, 딴짓을 하는 친구들이 보이죠. 그런 친구가 눈에 들어오면 나도 딴짓을 해도 될 것 같은 마음이 생기면서 수업 내용에 집중이 안 되는 건 당연한 거예요. 맨 앞자리에 앉으면 선생님만 보이고 다른 친구들이 잘 안 보이니 오롯이 수업 내용에 집중할 수 있어요.

## 둘째, 수업 시간에 참여한다.

오펜하이머(Daniel Oppenheimer)라는 심리학 교수는 매력적인 물건이 여러분 주변에 있기만 해도 집중력을 유지하는 데 정신적 에너지가 든다고 했어요. 여러분에게 가장 매력적인 물건이 뭔가요? 바로 휴대 전화지요? 휴대 전화가 책상 위에 있기만 해도 여러분은 수업에 집중하는 데 더 힘이 드는 거예요. 그렇다면 휴대 전화를 어떻게 해야 할까요? 전원을 꺼서 책상 아래에 둔다고요? 오펜하이머 교수가 실험한 결과 교실 밖에 두었을 때 가장 좋은 결과가 나왔대요. 그렇다면 휴대 전화를 학교에 안 가져오는 것이 가장 좋겠지요? 만약 그럴 수 없다면, 사물함에 휴대 전화를 넣어두는 것도 효과가 있을 것 같네요.

"다음에는 어떤 일이 일어날까요?"

"Passion이 무슨 뜻이지요?

수업 시간에 가끔 선생님이 이런 질문을 하시지요? 이런 질문을 들으면 답을 하나요? 만약 아니라면 지금부터 대답해 보세요. 이런 질문에 답을 하다보면, 선생님이 이끄는 대로 생각이 흘러가 수업 내용이 더 잘 이해될 거예요. 질문에 대한 답이 틀릴까봐 걱정할 필요가 없어요. 대부분의 선생님은 학생이 잘못된 답을 하면 그 학생에 맞춰 보충 설명을 해주시죠. 학교 수업을 나만의 맞춤 강의로 만드는 방법이기도 해요.

친구들이 다 쳐다볼 것 같아 창피하다고요? 그래서 앞자리에 앉으라고 한 거예요.^^ 앞자리에 앉으면 상대적으로 작은 목소리로 대답해도 선생님이 들을 수 있어요. 그리고 다른 친구들의 시선이 안 느껴지니 맨 뒤에서 발표하는 것보다 덜 주목받는 느낌이 들 거예요. 이렇게 선생님의 질문에 대답하면서 수업에 참여하면 수업 시간이 즐겁고 어느새 금방 지나가는 놀라운 경험을 하게 될 거예요.

### 셋째, 정기적으로 복습한다.

에빙하우스(Hermann Ebbinghaus)라는 학자는 사람이 시간 흐름에 따라 학습한 것을 얼마나 잊어버리는가에 관한 연구를 했어요. 그랬더니, 아래와 같은 연구 결과가 나왔다고 해요.

**[도표 1] 에빙하우스의 망각 곡선**

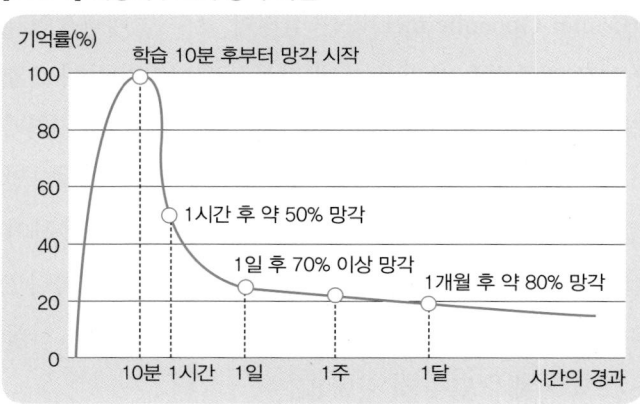

우리는 배우고 나서 10분 후부터 잊어버리기 시작해서 1시간이 지나면 50%를 잊어버린대요. 그 말은 1교시 영어 수업을 듣고 나서 2교시가 끝날 무렵에는 1교시에 배운 내용의 50%를 잊어버린다는 것이죠. 하루가 지나면 70%, 한 달 후에는 80%를 잊어버려요. 정기고사는 대략 2달에 한 번 보죠? 그렇다면 시험 공부를 할 때쯤이면, 그동안 배운 것을 다시 새로 공부해야 하는 거예요. 그러니 들은 기억은 나는 데 뭘 배웠는지 기억나지 않는 것이 당연했네요.

그럼 어떻게 해야 잊어버리지 않을까요? 정답은 바로 복습이에요. EBS 다큐멘터리 '학교란 무엇인가?'에서 이러한 문제를 해결하기 위해 학생들에게 복습을 시켜보았대요. 복습한 학생들과 복습하지 않은 학생들, 그리고 여러 번 복습한 학생들 사이에는 어떤 차이가 있었을까요? 아래 연구 결과를 나타낸 그래프를 볼까요?

**[도표 2] 에빙하우스의 망각 곡선**

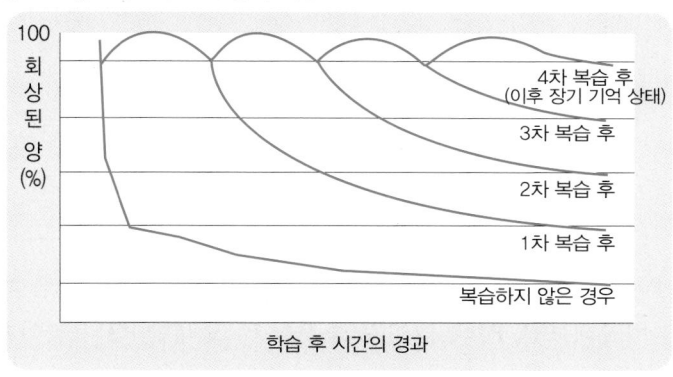

복습을 하지 않은 학생은 에빙하우스의 망각 곡선처럼 배운 것을 금새 잊어버리고 있네요. 1차 복습 후에는 조금 더 오래 기억하는 것을 확인할 수 있죠? 4차 복습을 한 학생은 어떤 결과를 얻었나요? 그래프의 곡선이 아래로 떨어지지 않고 계속 유지되는 것이 보이죠? 이것은 장기 기억 상태로 넘어가서 이제 잊어버리지 않게 된 거예요. 우리가 자기 이름을 잊어버리지 않는 것처럼 말이죠.

배운 내용을 반드시 4번씩 복습하라는 것은 아니에요. 수업 시간에 배운 것을 시험공부 할 때까지 내버려 두지 말고, 그 전에 복습하라는 말이죠. 매일 방과 후에 당일에 배운 내용을 복습하거나 주말에 일주일 동안 배운 내용을 복습한다면, 학습 내용을 오래 기억하는 데 무척 효과적이에요. 공부 잘하는 방법은 바로 배운 내용을 정기적으로 복습해야 한다는 것임을 절대 잊지 마세요!

### 넷째, 성적이 바로 안 올라도 꾸준히 공부한다.

공부를 해도 성적이 오르지 않는다는 느낌이 들 때가 있어요. 이 그래프를 보면 그 이유를 알 수 있지요. 이 그래프는 '학습 곡선'을 나타낸 것이에요. 공부하는 시간에 따라 학습되는 양을 보여 주고 있어요.

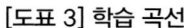
[도표 3] 학습 곡선

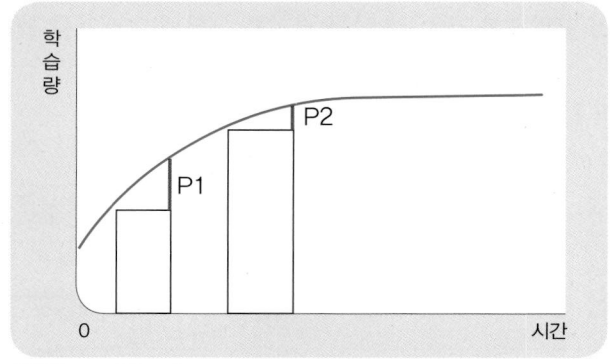

〈출처〉 en.wikipedia.org

P1과 P2를 비교해보면, P1의 높이가 공부를 더 오래한 P2의 높이보다 높은 것을 확인할 수 있죠? 그것은 공부를 막 시작했을 때는 학습량이 가파르게 증가하다가, 학습 시간이 지남에 따라 학습량이 처음보다 완만하게 증가하는 것을 의미해요.

따라서 실력이 빠르게 증가하는 것처럼 느껴지지 않더라도, 포기하지 말고 꾸준히 공부를 해야 해요. 누구나 공부한 만큼 실력이 오르지 않으면 힘들어요. 슬럼프가 오기도 하지요. 그래도 꾸준히 공부해 보세요. 어느덧 최정상에 오른 나 자신의 모습을 볼 수 있을 거예요.

## 다섯째, 영어 자체를 공부한다.

영어는 내용을 전달하기 위한 수단이므로 어떻게 사용하는지 알면 되는데, 영어를 학자처럼 분석하듯 공부하는 학생들이 있어요.

중학교 때 전반적인 영어 문법을 배우게 되는데, 쉽지 않은 과정이지요. 그래서 문법에 대한 트라우마가 생겨 고등학교에 들어와서도 문법을 완벽히 통달해야 좋은 점수를 받을 수 있다고 생각하는 학생들이 있어요. 이런 학생은 문장 하나하나가 몇 형식 구조인지, 단어 하나하나 품사가 무엇인지 분석하려고 해요. 자전거 타는 법을 배울 때, 내리막길과 오르막길에서 잘 타고 장애물을 잘 피하면 되는데 자전거의 부품을 하나하나 분석하고 있는 것이나 마찬가지죠. 그런 분석은 대학에 들어가서 언어학과를 전공하면 많이 할 수 있어요. 그럼, 도대체 어떻게 공부를 해야 하냐고요? 다음 장에서 자세히 알려 줄게요.

# 4.
## 영어 성적
## 올리는 바람직한 학습 방법

영어 성적을 올리고 싶다면 단어 암기부터 시작해보세요. 자신의 수준에 맞는 단어장을 골라 매일 정해진 분량을 꾸준히 암기하고 복습하는 노력을 해야 해요. 그리고 단어만큼 중요한 것은 바로 문법이에요. 문법 기초가 부족한 학생은 문법 기초 강의나 기본서를 통해 정리해 보세요. 영어는 벼락치기로 공부해서는 성적이 절대 오르지 않아요. 평소 여유를 갖고 본문 내용을 이해하고 핵심이 되는 문장이나 중요 어법이 쓰인 문장을 중심으로 공부하는 것을 추천해요.

## 1) 단어와 문법의 기초부터 잡자!

한번은 독해가 어렵다는 학생들에게 독해가 안 되는 이유가 무엇인지 물어본 적이 있어요. 어떤 학생들은 모르는 단어가 중간중간 너무 많아서 해석이 안 된다고 했고, 다른 학생들은 문장을 도대체 어디서 끊어 읽어야 할지 몰라 어렵다고 했어요. 이 외에도 글에 대한 배경 지식이 없어서 독해가 안 된다고도 했어요. 여러 가지 이유가 있겠지만, 독해가 어려운 결정적인 이유는 바로 단어와 문법 지식의 부족 때문이에요.

### 단어

영어 실력을 올리기 위해서 딱 한 가지를 해야 한다면 선생님은 주저 없이 단어를 외우라고 말할 거예요. 단어의 중요성은 아무리 강조해도 지나치지가 않아요. 내신뿐만 아니라 수능에서도 어휘 실력이 부족하다면 독해는 여전히 어렵고 막막하게 느껴질 거예요.

"저는 단어를 외워도 금방 까먹어요."

단어를 외워도 금방 까먹기 일쑤고 투자한 시간과 노력만큼 성적이 오르지 않아 포기하고 싶다는 생각을 한 적이 있을 거예요. 하지만, 결코! NEVER! 절대로! 포기하지 마세요. 단어 암기를 포기하게 되면 영어 공부 자체를 포기하는 거나 마찬가지예요. 언어를 처음 배우는 어린 아이를 보면 알 수 있듯이, 언어를 배울 때는 단어를 반복해서 익혀야 하죠. 단어는 언어 학습의 기본 토대여서 단어를 알아야 문장도 만들고 의사소통도 할 수 있는 것이죠. 영어도 마찬가지예요. 처음에는 단어 공부에 시간이 오래 걸리고 외워도 자꾸 까먹는 것 같지만, 맥락 속에서 단어를 익히고 내 것으로 만들어야 독해가 쉬워져요.

그럼 효과적으로 단어를 외우는 방법을 알아볼까요?

## Step 1. 수준에 맞는 단어장 선택하기

일단 여러분의 수준에 맞는 단어장을 준비하세요. 기초 단어 실력이 많이 부족한 학생이라면 중학교 수준의 단어장부터 공부하세요. 기초 단어를 어느 정도 마스터하면 고등학생용 또는 수능 대비용 어휘 교재를 준비하면 되지요.

단어장 대신 여러분이 직접 교과서나 모의고사에서 모르는 단어를 정리해서 자신만의 단어장을 만들어서 외우는 방법도 좋아요. 특히 시험 기간이 얼마 남지 않았다면 시험 범위에 나오는 주요 어휘를 모두 정리하여 외우세요.

## Step 2. 매일매일 꾸준히 단어 암기하기

단어장을 정했다면 하루에 적어도 20개에서 50개까지, 물론 그 이상도 가능하지만 꾸준히 매일 정해진 분량을 암기하세요. 외울 때는 단어를 발음하면서 외우는 게 좋아요. 단어를 발음하면서 눈으로 외우면 시각과 청각이 함께 사용되기 때문에 더 오랫동안 기억할 수 있거든요.

영어 단어 암기는 자투리 시간을 활용해서 공부하세요. 등하교 시간이나 조회시간, 쉬는 시간, 점심시간, 취침 전, 생각보다 단어를 외울 수 있는 자투리 시간이 꽤 많아요. 정말 안 외워지는 단어들은 거울에 크게 써서 붙이고 양치하거나 거울을 볼 때마다 반복해서 보는 것도 좋아요.

처음에는 20개 외우는 게 힘든 학생들도 있을 거예요. 그런데 정말 매일매일 꾸준히 하다 보면 단어 외우는 능력이 점차 늘어요. 쉽게 외우는 자신만의 방법도 생기죠. 선생님을 믿고 힘을 내어 시작해 보세요!

### Step 3. 스스로 점검하기

하루에 정해진 분량의 단어를 다 외웠으면 스스로 '자가 점검(self-test)'을 해보세요. 외울 때는 다 외운 것 같아도 시험을 보면 막상 생각나지 않는 단어들이 있거든요. 외운 단어의 뜻을 가리고 뜻을 말해 보거나, 반대로 뜻을 보고 어휘를 쓸 수 있는지 확인해 보세요. 간단하지만 이런 과정이 여러분의 뇌를 자극하기 때문에 공부한 단어들을 더욱 효과적으로 기억할 수 있어요.

### Step 4. 외운 단어 반복하기

그리고 정말 중요한 사실! 단어는 한 번 외웠다고 절대 내 것이 되지 않아요. 앞에서 말한 '에빙하우스의 망각 곡선' 기억하죠? 인간은 하루가 지나면 배운 것의 70%를 잊어버린다고 했었죠. 즉, 전날 공부했던 단어를 다시 한 번 복습하면 훨씬 더 오래 기억할 수 있어요. 단어라는 게 참 어려운 녀석이죠? 따라서 여러분이 자주 들여다보고 살펴봐야 여러분의 친구가 될 수 있어요.

### Step 5. 외운 단어 적용하기

단어를 많이 외웠는데 독해할 때 적용이 안 된다는 학생들이 있어요. 단어만 외운다고 끝난 게 아니에요. 외운 단어가 문장 안에서 실제로 어떻게 해석이 되는지 적용을 해봐야 해요. '구슬이 서 말이어도 꿰어야 보배'라고 하잖아요. 단어는 열심히 외웠는데 정작 독해할 때 제대로 해석하지 못하면 아깝잖아요.

특히, 영어 단어는 상황에 따라 한 단어가 여러 가지 의미로 해석될 수 있거든요. 단어와 함께 제시된 예문을 맥락 속에서 꼼꼼하게 해석해 보고, 해당 단어가 포함된 교과서 문장이나 모의고사 문장을 해석하면서 어떤 의미로 해석해야 되는지 반복적으로 학습해야 해요.

# 문법

독해를 어렵게 만드는 또 하나의 주범은 바로 문법이에요. 사실 고등학교 영어 내신 시험에서는 문법의 비중이 높아요. 선택형 문제로 문법 문제가 몇 개씩 출제되기도 하고, 서술형 문제들도 문법의 기초가 있어야 영작을 하거나 답을 쓸 수 있는 것들이 많거든요. 나아가 문법을 알아야 문장을 어디서 끊어 읽을지, 어디가 하나의 의미 덩어리인지 파악할 수 있어요. 우리가 흔히 말하는 직독직해도 이런 문법적인 지식이 있어야 가능해요.

중학교 때 문법 공부 때문에 스트레스를 받았는데 고등학교에 와서 또 문법 공부를 해야 한다는 사실에 좌절하는 학생들도 있겠지만, 고등학교 영어 문법과 중학교 영어 문법이 크게 다르지 않아요. 여러분이 중학교 때 배운 문법이 거의 영문법의 전부라고 봐도 무방해요. 단어와 구조만 조금 길어지고 복잡해진 것뿐이죠.

문법의 기초가 부족한 학생은 방학 기간을 이용해 영어 문법을 정리할 필요가 있어요. 문법 기본서를 하나 장만해서 혼자 공부해도 좋아요, 혼자 공부하기 어려운 학생들은 EBSi에 있는 다양한 무료 문법 강의를 들으며 공부할 것을 추천해요. 자신의 수준에 맞는 문법 강의를 선택할 수 있지요.

문법을 공부한 후에는 평가문제집의 다양한 응용문제를 풀며 개념을 확실하게 이해하는 것이 중요해요. 내가 공부한 문법이 시험 문제에 어떤 식으로 출제되는지 알 수 있어서 효과적이에요. 그리고 배운 문법을 실제로 적용해 짧은 문장을 영작해보는 연습을 하면 해당 문법이 더 기억에 오래 남아요.

만약 학교 시험이 얼마 남지 않았다면 첫째는 단원의 핵심 문법, 둘째는 수업 시간에 선생님이 따로 정리해준 문법 사항이나 학습지, 마지막에는 시험에 자주 출제되는 문법 사항 순으로 공부하는 것이 효과적이에요.

수업 시간에 설명을 들었어도 개념을 확실하게 이해하지 못한 문법 부분만 인터넷 강의를 듣고 정리하는 것도 한 가지 방법이죠. 유튜브에 들어가서 해당 문법을 검색창에 입력하면 다양한 문법 관련 설명 동영상들도 볼 수 있어요.

## 2) 본문은 암기보다 이해가 먼저다!

시험 기간이 되면 시험 범위에 있는 본문을 통째로 외우려는 학생들이 많아요. 학원에서도 내신 대비 기간이 되면 본문을 암기시키고, 암기가 제일 중요하다는 식으로 말하죠. 사실 중학교 때는 시험 범위가 좁고 본문도 짧아서 암기하기가 비교적 쉬웠기 때문에 이런 방법으로 좋은 성적을 받는 학생들이 꽤 있었을 거예요.

그런데 고등학교는 교과서 본문, 모의고사, 부교재, 학습지까지 시험 범위에 들어가기도 해요. 따라서 모든 지문을 전치사와 관사 등 토씨 하나 안 빠뜨리고 외우는 건 불가능에 가까워요. 간혹 이런 불가능한 미션에 도전하여 성공하는 학생들도 있지만, 대부분의 학생들은 교과서 본문 한두 쪽을 외우다 지쳐 포기하기 쉬워요. 게다가 요즘은 선생님들이 본문 내용을 조금씩 변형해서 출제한답니다.

"그럼 어떻게 공부해요?"

일단 영어 지문의 내용을 이해하는 것이 먼저라는 점을 명심하세요! 우리가 공부하는 영어 지문은 주제가 있고 내용이 있는 하나의 짜임새가 있는 글이에요. 글의 내용과 주제만 알고 있어도 맞힐 수 있는 문제들이 많아요.

"모의고사 지문은 어려워서 무슨 말인지 모르겠어요."

글의 내용이 어려워서 해석이 되지 않는다면 한글 해석을 여러 번 읽어 보세요. 모의고사 지문의 경우 우리말 해석조차 이해하기 어렵다고 말하는 학생들이 많아요. 이런 경우는 선생님이나 친구들의 도움을 받아 보세요. 부끄럽게 생각할 필요는 없어요. 가끔 이런 학생들이 찾아오면 기특해서 더 열심히 설명해주거든요. 다른 선생님들도 마찬가지일 거예요.

글의 주제나 전체적인 내용이 파악되었다면, 이제 한 문장씩 정확하게 독해하면서 각 문장에 쓰인 중요 어휘나 표현을 외우고 중요한 문법 사항 등을 공부하세요. 이렇게 공부한 후에 글에서 핵심이 되는 문장이나 중요한 어법 등이 쓰인 문장들을 정리해서 선택적으로 암기해 보세요.

본문 암기 자체가 나쁜 것은 아니거든요. 내용도 이해하지 못한 채로 무턱대고 암기하는 게 나쁜 거지요. 선택적으로 중요 문장만 암기하는 것은 시험을 앞두고 효과적인 공부 방법이라고 할 수 있어요.

## 3) 출제 확률이 높은 부분부터 공략하자!

　매일 또는 매주 수업 시간에 배웠던 것을 복습하고 단어부터 꼼꼼하게 공부하는 것이 가장 좋은 공부 방법이에요. 하지만, 공부를 못했는데 시험 준비 기간마저 얼마 남지 않았다면 무엇부터 공부해야 좋을까요? 시험에 자주 출제되는 부분부터 공부하는 것이 효율적이겠죠. 자, 하나씩 알아볼까요?

### 학습지

　학습지는 선생님이 직접 만드는 경우도 많고, 출판사에서 제공한 학습지에 선생님이 중요하다고 생각하는 것을 중심으로 편집하는 경우도 많아요. 즉, 선생님이 중요하다고 생각하는 것은 넣고, 필요 없다고 생각하는 것은 빼면서 만들었다는 것이죠. 따라서 1순위로 공부해야 하는 것은 학습지예요.

　다음은 어느 학교 선생님이 만든 학습지의 일부분이에요. 수업 시간에 학습지를 학생들과 함께 보며 빈칸에 들어갈 단어를 추측해 보고, 관련 영상을 보며 확인하는 활동을 했다고 해요.

---

**E. How does a mosquito bite us?**

　At first glance, it looks simple — this mosquito digging her proboscis (긴 튜브처럼 입) into us. But the tools she's using here are ＿＿＿＿＿＿.

　First, a protective ＿＿＿＿＿＿ cover retracts (오므리다) – see it bending ＿＿＿＿＿＿? If you look at a mosquito's head under a ＿＿＿＿＿＿, you can see what that sheath protects. And inside, there are ＿＿＿＿＿＿ needles!

　Two of them have tiny ＿＿＿＿＿＿. She uses those to ＿＿＿＿＿＿ through the skin. They're so ＿＿＿＿＿＿ you can ＿＿＿＿＿＿ feel her pushing.

---

　위 학습지 문제가 학교 시험에는 어떻게 변형되어 출제되었는지 볼까요?

At first glance, the way a mosquito bites people looks simple — this mosquito digging her long tube-shaped mouth into us. But the tools she's using here are (A) plain / sophisticated . First, a protective cover bends back. Now, if you look at a mosquito's head under a microscope, you can see what the cover was protecting.

⟨a mosquito's head under a microscope⟩

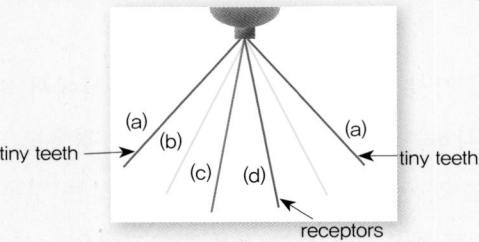

Inside the cover, there are six needles! Two of them have tiny teeth. She uses those to saw through the skin. They're so sharp you can (B) absolutely / hardly feel her pushing. This is why you can't sense when you are getting bitten. These other two needles hold the tissues apart while she works. Receptors on the tip of one of her other needles notices chemicals that our blood vessels exude naturally and guide her to it. Then she uses this same needle like a straw. With another needle, she spits chemicals into us. They get our blood flowing with (C) ease / difficulty so that she can drink our blood effortlessly. The chemicals also give us itchy welts afterwards.

*receptor: 수용기  **blood vessel: 혈관  ***exude: 줄줄 흐르다

**14.** (A), (B), (C)의 각 네모 안에서 문맥에 맞는 낱말로 가장 적절한 것은? (3점)

|   | (A) | (B) | (C) |
|---|-----|-----|-----|
| ① | plain … | absolutely … | ease |
| ② | sophisticated … | hardly … | ease |
| ③ | sophisticated … | absolutely … | difficulty |
| ④ | sophisticated … | hardly … | difficulty |
| ⑤ | plain … | absolutely … | difficulty |

〈출처〉 2019년 고1 2학기 중간 _ 정답 ②

선택형 어휘 문제로 변형되어 출제되었네요. 빈칸에 들어갈 단어가 모두 나오는 것은 아니에요. 하지만, 이와 같이 학습지가 학교 시험에 힌트가 될 수도 있다는 것을 기억하세요.

## 교과서 _ 보조단 문제(날개 문제)

교과서 본문 좌우상하에 있는 작은 문제들을 눈여겨보았나요? 몇 개 없어서, 너무 뻔하고 쉬운 문제라서, 눈에 잘 띄어서, 정기고사로 출제되지 않을 것 같아 공부하지 않았다면 오산이에요.

선생님이 교과서에 있는 보조단 문제를 수업 시간에 다루기도 하고 그냥 넘어가기도 하지요. 어찌 되었든 이런 문제는 반드시 풀어 보세요. 보조단 문제는 교과서를 집필한 선생님들이 교과서의 지문 내용과 관련된 의미 있는 질문을 제시한 것이기 때문에 정기고사에 유사한 문항이 출제될 확률이 높지요.

다음은 교과서 본문 옆에 있는 질문이에요.

> **While You Read**
> **Q2.** What properties does *hanji* have?

〈출처〉 2015 개정 능률(김) 영어

이 보조단 질문은 학교 시험에 아래와 같이 출제되었답니다.

---

**[서답형 2]** 다음 글을 읽고, 주어진 질문에 대한 <u>2가지</u> 답을 본문에서 찾아 영어로 쓰시오. (반드시 <u>주어+동사</u>가 포함된 문장으로 작성할 것)

*Hanji* is traditionally made from the bark of the mulberry tree. Through a number of complex processes, the tree bark is made into a paper that is very durable and hard to tear. On the other hand, Western paper, which is made from pulp, begins to fall apart and becomes unusable after 100 years. It's easy to understand why Koreans created the old saying about *hanji*: "Paper lasts a thousand years, while silk endures five hundred." In addition to lasting a long time, *hanji* keeps heat and sound in but allows air to flow through it easily. The paper also absorbs water and ink very well, so there is no bleeding.

Q : What features does *hanji* have?

A : (1) _____ (2점)

    (2) _____ (2점)

---

〈출처〉 2015 개정 능률(김) 영어 / 2018년 고1 1학기 기말

위 문제의 경우, 출제자인 선생님이 보조단 질문을 염두에 두고 출제한 것이 아니었대요. 그런데, 나중에 확인해 보니 같은 것을 묻는 문제를 낸 거예요. 어떻게 된 걸까요? 보조단 문제는 교과서를 집필한 선생님들이 핵심을 물어본 것이에요. 학교 선생님도 핵심을 묻는 문제를 출제하려다 보니, 결국 같은 것을 묻는 문제가 출제된 거죠. 시험 보기 전에 보조단 문제를 반드시 풀어봐야겠지요?.

## 교과서 _ After You Read / Review

교과서 본문 다음에 'After You Read'라는 제목으로 '읽기 후 활동'이 있어요. 경우에 따라서 수업 시간에 직접 다루지 않고, 선생님께서 이 부분은 각자 풀어보라고 하고 넘어가기도 하죠. 글의 구조와 내용을 이해하는 데 도움이 될 뿐만 아니라 서술형 문제로 출제 될 수도 있어요.

각 단원의 마지막에 나오는 'Review' 역시 '단원 마무리 활동'으로 본문 내용을 정리하고 복습하는 데 도움이 된답니다. 꼭 풀어 보세요.

다음은 교과서 단원 맨 마지막 부분에 나오는 'Review'에 있는 문제예요.

---

Read the paragraph and answer the following questions.

*Hanji* is traditionally made from the bark of the mulberry tree. Through a number of complex processes, the tree bark is made into a paper that is very durable and hard to tear. _____, Western paper, (A) what / which is made from pulp, begins to fall apart and becomes unusable after 100 years. It's easy to understand (B) why / when Koreans created the old saying about *hanji*: "Paper lasts a thousand years, while silk endures five hundred." In addition to lasting a long time, *hanji* keeps heat and sound in but allows air (C) to flow / flowing through it easily. The paper also absorbs water and ink very well, so there is no bleeding.

**1. Which one best fits in the blank?**

    a. Futhermore

    b. On the other hand

    c. In fact

    d. That is

**2. Choose the grammatically correct words for (A), (B), and (C).**

---

앞에서 말한 이 문제는 학교 시험에서 다음과 같이 문법 문제로 변형 출제되었어요.

---

**7. 다음 글의 밑줄 친 부분 중, 어법상 옳지 <u>않은</u> 것을 2개 고르면?**

Hanji is ①<u>traditionally</u> made from the bark of the mulberry tree. Through a number of complex processes, the tree bark is made into a paper that is very durable and hard to tear. On the other hand, Western paper, ②<u>what</u> is made from pulp, begins to fall apart and becomes unusable after 100 years. It's easy to understand ③<u>why</u> Koreans created the old saying about hanji: "Paper lasts a thousand years, while silk endures five hundred." In addition to ④<u>lasting</u> a long time, hanji keeps heat and sound in but allows air ⑤<u>flow</u> through it easily. The paper also absorbs water and ink very well, so there is no bleeding.

---

〈출처〉 2019년 고1 2학기 기말 _ 정답 ②,⑤

Review 부분까지 꼼꼼히 공부한 학생이라면 이 문제가 나왔을 때 쉽게 답을 찾을 수 있었겠죠? 교과서의 본문만 공부하고 넘어가지 말고 본문과 단원의 내용을 정리하는 After You Read / Review 부분까지 놓치지 마세요!

## 교과서 _ 문법

각 단원에는 중점적으로 익혀야 할 목표 문법이 있어요. 보통 각 단원 첫 페이지에 목표 문법이 포함된 문장 두 개 정도 제시되어 있죠. 그리고 본문이 끝난 다음에 'Grammar Structure' 또는 'Pattern Practice'라는 제목으로 목표 문법과 관련된 연습문제가 함께 제시됩니다. 반드시 목표 문법이 사용된 문장을 본문에서 찾아보세요. 시험에 나올 확률이 무척 높아요.

다음은 교과서의 목표 문법을 연습하는 부분이에요. 'the same ~ as'가 목표 문법임을 알 수 있겠죠?

**B** Connect the parts to make appropriate sentences and write them below.

| This poem was written by | | color | | the walls |
|---|---|---|---|---|
| Laughing loudly can have | the same | author | as | that novel |
| My father painted the ceiling | | health benefits | | doing exercise |

1. _____. ✓

〈출처〉 2015 개정 능률(양) 영어 독해와 작문

빈칸 완성 문제는 학생들이 어려워하는 유형이에요. 아래 보기에 제시된 단어들 중 'as'와 'the same'이 보이나요? 맞아요. 본문을 제시하고, 거기서 목표 문법인 'the same ~ as'가 사용된 문장을 완성하는 문제로 출제되었네요.

---

**서술형 4. 빈칸에 들어갈 문장을 〈보기〉의 단어를 이용하여 완성하시오.**

Imagine that you are abroad and you are looking for a restroom. The problem is you don't speak the language. What would you do in this situation? You would probably try to use your hands, arms, face, head, or any other parts of your body to deliver your message. When you encounter a language barrier, gestures are an obvious alternative to illustrate your points. These movements may seem like the simplest way to communicate, but a gesture in one culture _____. In other words, your gestures may seem like nonsense to others, so they might think you are weird. On some occasions, they might feel offended by your gestures even if you didn't mean to cause offense.

> **보기**
> might / as / in / the same / not / have / that / meaning / another / gesture / culture

〈출처〉 2015 개정 능률(양) 영어 독해와 작문 / 2019년 고2 2학기 중간

| 번호 | | 채점 기준 | 배점 |
|---|---|---|---|
| 서 4 | 정답 | might not have the same meaning as that gesture in another culture | 3점 |
| | 부분 답안 | might not have the same meaning | 1점 |
| | | as that gesture in another culture | 1점 |

## 평가문제집

평가문제집 또는 학원이나 인터넷에서 구할 수 있는 문제들은 시험공부를 한 후에 여러분이 제대로 공부했는지 확인할 때 사용하면 좋아요. 보통 이런 문제집은 반복되는 문제들이 많아요. 비슷한 내용의 문제를 반복해서 풀다 보면 어느 부분이 중요한 부분인지 알 수 있고, 본문 내용을 좀 더 확실하게 이해하고 정리할 수 있다는 장점이 있어요. 그리고 시험 문제가 실제 어떤 식으로 응용되어 출제될지 예상해 볼 수도 있지요.

하지만, 문제집의 문제가 그대로 출제되기를 기대하면서 학습지와 교과서 공부는 소홀히 하고 문제집부터 무턱대고 풀어서는 안 돼요. 비슷한 문제가 출제될 수는 있겠지만, 선생님들은 시험 문제를 출제할 때 문제집에 나온 문제를 그대로 내지 않으려고 주의하거든요.

문제집을 풀 때는 시험 범위에 해당하는 부분을 완벽하게 이해했는지 확인하고, 빠뜨린 부분이나 잘못 이해한 부분을 찾겠다는 마음으로 풀어보세요.

지금까지는 시험 시간이 얼마 안 남았을 때 응급 처방으로 할 수 있는 공부 방법을 알아봤어요. 하지만 이렇게 공부해서는 진정한 실력을 쌓기는 힘들어요. 그럼 이제 자주 출제되는 문제 유형을 보면서 평소 어떻게 공부해야 하는지 자세히 알아보도록 해요.

# Part 2.
# 영어 선택형 문제,
## 이렇게 준비하자!

이번에는 영어 지필 평가 중에서 선택형 유형에 대해 살펴볼 거예요. 기본적으로 선택형 유형은 수능 영어 시험과 유사하게 출제돼요. 학교에 따라 수능에 나오지 않는 참신한 유형의 문제들이 출제되기도 하지만, 기본적으로는 수능 유형을 바탕으로 출제되지요.

다음과 같이 여러 가지 유형들이 있어요.
- 주장 · 요지 · 주제 · 제목 추론
- 내용 일치
- 지칭 추론
- 어휘 추론
- 연결어 추론
- 빈칸 추론
- 문법성 판단
- 글의 순서 (무관한 문장 파악, 글의 순서 파악, 문장 삽입)
- 지칭 추론
- 심경 · 분위기 파악

앞에서도 말했지만, 고등학교 영어 내신은 중학교와 달리 범위가 교과서, 모의고사, 부교재 등이 포함되어 방대할 뿐만 아니라 어휘와 지문도 어려워 모든 지문을 암기하기는 거의 불가능해요. 게다가 요즘은 본문이 그대로 출제되지 않고 변형되어 나오는 경우도 많아서 본문을 그대로 외워도 틀리는 경우가 허다하죠. 따라서 영어 성적을 올리고 싶다면, 각 유형의 출제 포인트와 유형별 공부 방법을 알고 있어야 해요.

손자병법에 '지피지기(知彼知己)면 백전불태(百戰不殆)'라는 말이 있어요. '적을 알고 나를 알면 백번 싸워도 위태롭지 않다'는 뜻이죠. 여러분이 유형별 출제 경향과 공부 방법을 알고 있으면, 아무리 시험이 어렵고 까다롭게 나와도 충분히 대비할 수 있어요. 그럼, 우리 함께 선택형 만점을 향한 여행을 시작해 볼까요?

# 1.
# 주장·요지·주제·제목 추론 문제,
## 어떻게 대비해야 하나요?

이 유형은 글 전체를 보고 필자가 하고 싶은 말이 무엇인지 알아야 해요. 평소에 공부할 때 하나의 지문에서 각 문장이 하는 역할을 하나씩 따져 보면, 중심 생각이 무엇인지 찾을 수 있어요. 스스로 글의 주제나 요지를 적어보고, 왜 그것이 중심 생각인지 친구에게 그 근거를 설명해 보세요. 그러면 글의 내용을 분명히 이해할 수 있게 되고 논리적으로 파악할 수 있게 되면서, 글을 분석하는 능력이 생기지요. 교과서 지문 위에 제목이 있다면 제목도 눈여겨봐야 해요.

해석은 제대로 한 것 같은데 이 유형에서 자주 틀리는 학생들이 있어요. 큰 그림을 보지 못하고, 글을 문장 단위로만 해석하거나, 구문 단위 직독직해 위주로만 공부한 경우라고 할 수 있어요.

이 유형은 여러분이 글을 통해 전하고자 하는 필자의 메시지를 파악할 수 있는지 확인하는 문제예요. 대의 파악 문제라고 부르기도 하고 보통 아래와 같은 발문으로 출제되지요.

## 발문 예시

- 다음 글에서 필자가 주장하는 바로 가장 적절한 것은?
- 다음 글의 요지로 가장 적절한 것은?
- 다음 글의 주제로 가장 적절한 것은?
- 다음 글의 제목으로 가장 적절한 것은?

이 밖에도 지문의 성격에 따라 '핵심 내용과 상통하는 속담 찾기', '글의 목적 찾기' 등 여러 유형이 있을 수 있지만, 이런 유형을 출제할 수 있는 지문은 한정적이기 때문에 빈번히 출제되지는 않아요.

자, 그럼 학교 기출 문제를 함께 볼까요?

# 1) 이렇게 출제된다!

## [유형 1] 주장 추론

### 13. 다음 글에서 필자가 주장하는 바로 가장 적절한 것은? (3.1점)

We like to make a show of how much our decisions are based on rational considerations, but the truth is that we are largely governed by our emotions, which continually influence our perceptions. What this means is that the people around you, constantly under the pull of their emotions, change their ideas by the day or by the hour, depending on their mood. You must never assume that what people say or do in a particular moment is a statement of their permanent desires. Yesterday they were in love with your idea; today they seem cold. This will confuse you and if you are not careful, you will waste valuable mental space trying to figure out their real feelings, their mood of the moment, and their fleeting motivations. It is best to cultivate both distance and a degree of detachment from their shifting emotions so that you are not caught up in the process.

① 감정에 좌우되지 않고 이성적인 판단을 내리도록 주의해야 한다.
② 자신의 감정을 잘 다스리며 작업을 해야 좋은 결과를 얻을 수 있다.
③ 아이디어를 구현하기 전에 직관과 감정, 이성과 논리를 이용해 분석해야 한다.
④ 판단은 순간의 감정에 좌우되므로 타인의 평가에 연연하지 말아야 한다.
⑤ 좋은 관계를 맺으려면 상대의 순간적인 감정 변화를 잘 알아차려야 한다.

〈출처〉 경기도교육청 2017년 11월 고1 모의고사 / 2018년 고1 2학기 기말 _ 정답 ④

위 문제는 모의고사의 빈칸 문제가 변형되어 출제되었네요. 모의고사 지문이 어렵다고 지레 겁먹지 마세요. 이야기 형식의 글에 비해 각 문장이 담고 있는 정보량은 많지만, 주제 · 요지 · 주장 · 제목 추론 문제의 지문은 제시된 각각의 정보가 합쳐져 하나의 큰 메시지(= 주제)를 전달하고 있다는 것을 명심하세요. 각각의 정보들이 공통으로 나타내고자 하는 주제를 파악하면, 이 유형의 문제를 잘 풀 수 있어요. 필자가 사례, 예시, 통계 자료, 연구 결과 등을 이용해 반복적으로 자신의 생각에 대한 근거를 말하거든요.

[ 주장 ] → [ 사례 / 예시 / 통계 자료 / 연구 결과 ] → [ 주장 ]

즉, 지문의 문장들을 모두 완벽하게 해석하지 못하더라도, 부분적으로 해석한 것을 모으면 그 글이 전달하고자 하는 중심 생각을 이해할 수 있다는 거죠! 그러니 해석이 안 되는 문장이 한두 개 있다고 그냥 포기하고 다음 문제로 넘어가지 말고 끝까지 읽어 보세요. 그럼, 선택지를 살펴볼까요? 모든 선택지에는 핵심어 '감정', '아이디어', '감정의 변화' 등이 포함되어 있어요.

① 감정에 좌우되지 않고 이성적인 판단을 내리도록 주의해야 한다. (×)
지문은 다른 사람의 판단에 영향을 받는 사람에게 쓴 글인데, 이 선택지는 판단을 내리는 사람에게 하는 말이네요.

② 자신의 감정을 잘 다스리며 작업을 해야 좋은 결과물을 얻을 수 있다. (×)
이런 내용은 지문에서 언급되지 않았어요.

③ 아이디어를 구현하기 전에 직관과 감정, 이성과 논리를 이용해 분석해야 한다. (×)
이런 내용 역시 지문에서 언급되지 않았어요.

⑤ 좋은 관계를 맺으려면 상대의 순간적인 감정의 변화를 잘 알아차려야 한다. (×)
순간적으로 감정이 변한다는 내용은 있으나, 좋은 관계를 맺는 내용은 지문에서 나오지 않았어요.

자, 이제 정답을 살펴볼까요?

④ 판단은 순간의 감정에 좌우되므로 타인의 평가에 연연하지 말아야 한다. (○)
지문의 첫 문장과 중간, 마지막 문장을 보면 이 선택지가 정답인 걸 알 수 있어요. 거리를 두어야 한다는 말은 결국 연연하지 말라는 뜻으로 해석할 수 있으니까요.

오답 선택지를 보면, 핵심어가 있으나, 지문에서 언급하지 않은 내용이 포함된 것을 확인할 수 있었어요. 핵심어가 들어 있다고 해서 답으로 표시하지 말고, 선택지 전체의 내용이 지문에서 언급되고 있는지 확인하세요.

주장·주제·요지 문제는 선택지의 내용이 지문의 중심 생각과 일치해야 해요. 지문에 없는 내용이 있거나, 다른 내용이 있거나 중요한 내용이 빠지면 안 되겠죠?

## [유형 2] 제목 추론

### 12. 다음 글의 제목으로 가장 적절한 것은?

Shopping for new gadgets, clothes, or just random junk can turn into a hobby in itself. If you'd rather save your money, try finding pleasure in creating things rather than buying things. We get the same kind of satisfaction from making things that we do from buying things. If you draw something you're proud of or write something you enjoy, you've now got a new thing in your life that makes you happy. Buying a new gadget might give you a similar rush, but it's also probably more temporary. Of course, our recommendation can cost money, too. However, when you can't spend money, you can always learn more about your craft online or practice with what you already have. Even if you end up spending money making things yourself, you're at least building a skill rather than a collection of stuff that's quickly decreasing in value.

① How Important Is a Spending Plan?
② It's Better to Create Something than to Shop
③ Newly Developed Money-Saving Gadgets
④ DIY Crafts: An Interesting and Profitable Hobby
⑤ Arts and Crafts Online Courses for All Ages

〈출처〉 인천광역시교육청 2017년 9월 고1 모의고사 / 2018년 고1 1학기 중간 _ 정답 ②

제목 추론 문제는 주제, 주장, 요지 추론 문제보다 어려울 수도 있어요. 중심 생각이 무엇인지 알아도 제목의 의미를 잘못 파악해 오답을 고르기도 하거든요. 글의 중심 생각을 정확히 파악하고 그것을 제목으로 가장 적절하게 표현한 선택지를 찾아야 해요.

위 지문은 쇼핑이 취미가 될 수 있지만, 그보다는 뭔가를 직접 만들어 내는 것이 낫다는 글이에요. 그럼, 이 내용을 제목으로 잘 나타낸 선택지를 찾아볼까요?

① How Important Is a Spending Plan? (×)

③ Newly Developed Money-Saving Gadgets (×)

①은 계획적인 소비, ③은 돈을 절약하는 것과 관련이 있어요. 이 지문은 쇼핑의 대안으로 절약이 아니라 '뭔가를 만들 것'을 제시하고 있어요. 따라서 두 개의 선택지 모두 글의 제목으로 적합하지 않아요.

④ DIY Crafts: An Interesting and Profitable Hobby (×)

⑤ Arts and Crafts Online Courses for All Ages (×)

④와 ⑤는 '만드는 것'과 관련 있는 제목이에요. 그런데 ④는 재미있고 유익한 것인지와 관련이 있으므로, 적절하지 않아요. ⑤는 글의 후반부에서 잠깐 언급한 온라인 수업과 관련 있을 뿐 글 전체에 관한 내용을 포괄하는 제목으로 볼 수 없어요.

지문에 언급된 소재나 단어가 선택지에 보인다고 해서 곧바로 정답으로 고르면 안 돼요!

자, 이제 정답을 살펴볼까요?

② It's Better to Create Something than to Shop (o)

쇼핑하는 것보다 뭔가를 만드는 것이 더 낫다는 말이 글의 내용을 제목으로 적절하게 나타냈어요. 'better ~ than'이 '~보다 더 낫다'는 의미를 알면 ②가 정답이라는 확신이 들 거예요. 하지만 나머지 선택지를 답으로 보기에는 글의 내용과 거리가 멀기 때문에 하나씩 소거해나가면 답을 찾을 수 있어요!

제목 문제는 요지나 주제 문제보다 선택지의 서술 방식이 좀 자유로워요. 제목은 명사구뿐만 아니라 평서문, 명령문, 의문문의 형태로 쓰이기도 해요.

하나의 중심 생각이 있는 문단은 대의 파악 문제로 변형될 수 있어요.

## 2) 이렇게 공부하자!

### (1) 각 문장의 역할을 확인하자.

하나의 글에 서론, 본론, 결론을 나타내는 문단이 있는 것처럼, 하나의 문단을 이루는 문장들도 각각의 역할이 있어요.

각 문장이 어떤 역할을 하는지 살펴볼까요?

| | |
|---|---|
| 도입 | 사건이 일어나는 최초의 시점이나 화제를 제시하는 문장 |
| 전제 | 주장, 결론 또는 화제의 바탕에 깔린 생각을 제시하는 문장 |
| 주장 | 필자가 말하고자 하는 중심 내용이 담긴 문장 |
| 부연/첨가 | 주제문의 내용을 보충 설명하는 문장 |
| 상술 | 주제문에 있는 개념이나 주장을 자세히 설명하는 문장 |
| 예시/예증 | 주장에 대한 구체적인 사례를 제시하는 문장 |
| 환언 | 앞서 말한 내용에 대하여 표현을 다르게 말한 문장 |

위와 같이 글을 구성하는 문장들의 역할을 이해하면 독해 능력 향상에 도움이 돼요. 만약 영어 문장을 해석하면서 역할을 동시에 파악하기 어렵다면, 한글 해석을 보고 분석하는 연습을 해보세요. 익숙해지면 영어 문장을 보면서 바로 구분해 낼 수 있을 거예요.

| | |
|---|---|
| 전제<br><br>상술<br><br>주장<br><br>예증<br><br>주장 | We like to make a show of how much our decisions are based on rational considerations, but the truth is that we are largely governed by our emotions, which continually influence our perceptions. What this means is that the people around you, constantly under the pull of their emotions, change their ideas by the day or by the hour, depending on their mood. You must never assume that what people say or do in a particular moment is a statement of their permanent desires. Yesterday they were in love with your idea; today they seem cold. This will confuse you and if you are not careful, you will waste valuable mental space trying to figure out their real feelings, their mood of the moment, and their fleeting motivations. It is best to cultivate both distance and a degree of detachment from their shifting emotions so that you are not caught up in the process. |

(2) 친구들과 함께 주제, 주장, 요지를 찾아보자.

하나의 주제를 가진 지문이라면 어느 것이든 이 문제 유형으로 출제될 수 있어요. 스스로 주제나 주장, 요지를 적으며 공부해 보세요. 친구들과 함께 한다면 금상 첨화예요. 각자 글을 읽고 주제 등을 적어오고 나서 그것이 중심 생각이라고 판단한 근거를 서로에게 설명하는 거죠. 서로 생각이 일치하지 않으면 누가 맞는지 어떻게 아느냐고요? 가장 간단하게는 선생님께 물어보면 답을 알 수 있겠죠. 그런데이 훈련의 초점은 답을 찾아내는 것이라기보다 근거를 찾아내는 것에 있어요. 연습을 많이 하다보면, 신기하게도 친구들과 답이 일치하게 되고, 중심 생각도 잘 찾아낼 수 있게 될 거예요.

Q. 토론하는 데 시간이 걸리는데, 그냥 주제를 외우는 것이 더 효율적이지 않을까요?
무작정 암기하다 보면, 글을 읽고 주제를 파악하는 능력이 향상되지 않아요. 친구들과 함께 주장이나 요지를 찾고, 그렇게 생각하는 근거를 말로 설명해보면 나도 모르게 글을 분석하는 능력이 향상되죠. 혼자 해도 괜찮으니, 다른 누군가에게 설명하듯 왜 그것이 주제라고 생각하는지 말로 표현해 보세요.

## Tip. 주장이나 요지를 나타내는 표현

- **중요성을 나타내는 표현**
  It is important / essential / necessary / imperative / crucial / vital 등

- **당위성을 나타내는 표현**
  must, have to, need to, should, ought to 등

- **명령을 나타내는 표현**
  Do / Don't ～ 등

- **연결어가 사용된 표현**
  예시 : for example, for instance 등
  역접 : however, but, yet, still, nevertheless, nonetheless 등
  결론 : as a result, accordingly, thus, therefore, hence, to sum up 등
  대조 : on the contrary, on the other hand 등

- **주장과 관련된 기타 표현**
  I think / suggest / urge / recommend that ～ 등
  It is certain / evident / clear / needless to say that ～ 등
  It's time to ～ 등
  In my opinion ～, as far as I'm concerned ～ 등

평소 본문을 읽을 때 주장이나 요지를 나타내는 표현을 찾아보고 형광펜으로 표시하며 공부하세요. 이런 표현들을 잘 공부해두면, 글을 읽을 때 주장이나 요지를 찾는 것이 훨씬 수월해질 거예요.

## (3) 지문의 제목도 눈여겨보자.

제목 문제는 약간의 추론이 필요하기 때문에 추론 능력이 부족한 친구들에게는 어려울 수 있어요. 지문 위에 제목이 나오면, 제목도 눈여겨보세요. 일반적으로 교과서에 사용된 제목이 그대로 선택지에 나오는 경우는 드물지만, 중심 생각이 제목으로 어떻게 표현될 수 있는지 확인하는 것은 제목 문제를 푸는 데 도움이 돼요. 또, 제목이 있는 지문은 영어 표현을 바꾸어 제목 문제 또는 주제 문제로 출제되기도 한답니다.

## 3) 시험 당일, 이렇게 풀어보자!

### (1) 주장이나 요지를 나타내는 표현을 찾아보자.

지문에 주장이나 요지를 나타내는 표현이 사용되었는지 찾아보세요. 그 부분을 읽으면 필자의 중심 생각을 파악할 수 있어요. 만약 그것이 어렵다면 예시나 결과에 관해 설명한 부분을 읽고 중심 생각을 유추할 수도 있어요.

### (2) 알 듯 말 듯 한 문제는 문장 단위로 분석해 보자.

답이 둘 중 하나인데 정확히 답을 고르지 못한 경험이 있죠? 요지나 주장을 나타내는 표현을 찾아 표시해 봤는데도 알 듯 말 듯 하다면, 지문을 문장 단위로 분석해 보세요. 그런데 시험 당일 날 문장 단위로 분석하려다 보면 시간이 너무 오래 걸릴 수 있어요. 평소에 충분한 연습을 통해 문단을 빠르게 분석하는 능력을 키우고, 시험 당일에는 시간을 확인하면서 이 방법을 적용하세요.

### (3) 정답이라고 생각한 선택지를 지문의 내용과 맞춰 보자.

정답이라고 생각을 했는데, 답을 쓰고 난 후 자신이 없다면, 선택지를 분석해 보세요. 선택지를 하나씩 보며 아래의 질문에 대한 답을 해보세요. 아래 질문에 따라 지문의 내용과 맞춰보면, 정답이라는 확신이 들거나 정답이 아닌 것 같다는 생각이 들 거예요.

- 소재가 들어가 있는가?
- 소재에 관해 서술하고 있는 내용이 지문과 일치하는가?
- 지문에 없는 상식적인 내용이 들어가 있지는 않은가?

# 문단의 구조

문단의 구조를 알면 글의 내용을 훨씬 빠르고 쉽게 파악할 수 있어요. 하나의 단락에는 주제문과 필자가 말하고자 하는 바를 뒷받침해주는 문장들로 구성이 되지요. 보통 두괄식으로 글을 많이 쓰지만, 때로는 글의 중간 혹은 끝에 주제문처럼 보이는 문장이 나오기도 해요.

간혹 주제문 앞에 독자의 관심을 끌기 위한 내용이 삽입되는데, 놀라운 사실, 수사적 질문, 일화 등이 나올 수 있어요. 이 내용이 그대로 이어져 주제문과 연결이 되기도 하고, 반전이 일어나 글머리에 나온 내용과 반대되는 내용이 주제가 되기도 해요.

| 독자의 관심을 끄는 문장 | 독자의 관심을 끄는 문장 | 독자의 관심을 끄는 문장 |
|---|---|---|
| **주제문** | 뒷받침하는 문장들 | 뒷받침하는 문장들 |
| 뒷받침하는 문장들 | **주제문** | **주제문** |
| | 예측, 당부 등 마무리하는 문장 | |

뒷받침하는 문장은 실험 결과나 통계 자료, 예시, 일화 등이 나오기도 하고, 논리적인 설명이 나오기도 해요. 주제문에 해당하는 문장을 해석하지 못한다 하더라도 주제를 뒷받침하는 부분을 해석할 수 있으면, 글의 주제를 파악할 수 있어요.

그러니 글의 주제를 파악하는 것이 목적이라면, 주제문 하나를 정확하게 해석하느라 시간을 지체하지 마세요. 주제를 뒷받침하는 문장들을 해석해 필자가 하려는 말이 무엇인지 파악해 보세요.

# 2.
# 내용 일치 문제,
## 어떻게 대비해야 하나요?

이 유형은 기초가 부족한 학생도 도전하기 좋은 유형이에요. 지문의 정보와 선택지의 정보의 일치 여부만 확인하면 되지요. 사실 지문의 내용은 수업 시간에 다 다뤘기 때문에 수업 시간에 배운 내용을 잘 기억만 한다면 쉽게 풀 수 있어요. 영어 지문을 해석할 엄두가 안 나는 친구들은 한글 해석을 읽고 난 후에 해석해 보세요. 이 문항을 자꾸 틀린다면, 귀찮더라도 해석을 써보고 나서 한글 해석과 비교해보는 것도 한 방법이에요. 어느 정도 기초가 잡혔다면, 필요한 정보를 빠르게 찾는 훈련을 해보세요.

이 유형은 영어 실력이 부족한 학생들이 도전하기 좋은 문항이에요. 여러분이 각 문장을 정확하게 해석할 수 있는지 알아보기 위한 문항이지요. 문장 해석만 잘하면 돼요!

보통 수업 시간에 교과서 지문 옆에 있는 보조단 질문이나 학습지의 지문 이해 문제에 답하는 시간이 있지요? 모두 내용 일치 유형을 연습하는 데 도움이 된답니다.

## 발문 예시

- 다음 글의 내용과 일치하지 않는 것은?
- 다음 안내문의 내용과 일치하는 것은?
- 다음 글을 읽고, 답할 수 있는 질문이 아닌 것은?

일반적으로 지문의 내용과 일치하는지, 일치하지 않는지를 묻는 경우가 많아요. 세 번째 발문과 같이 문제를 한 번 더 꼬아서 내는 경우도 있어요. 그리고 좀 더 어려운 문제를 내기 위해 선택지를 영어로 제시하는 경우도 있지요.

# 1) 이렇게 출제된다!

## [유형 1] 내용 일치 (선택지가 한글인 경우)

### 12. 다음 글의 내용과 일치하지 <u>않는</u> 것은?

For its time, ancient Greek civilization was remarkably advanced. The Greeks figured out mathematics, geometry, and calculus long before calculators were available. Centuries before telescopes were invented, they proposed that the earth might rotate on an axis or revolve around the sun. Along with these mathematical, scientific advances, the Greeks produced some of the early dramatic plays and poetry. In a world ruled by powerful kings and bloodthirsty warriors, the Greeks even developed the idea of democracy. But they were still, a primitive people. There were many aspects of the world around them that they didn't understand very well. They had big questions, like Why are we here? and Why is smoke coming out of that nearby volcano? Myths provided answers to those questions. They were educational tools, passing knowledge from one generation to the next. They also taught morality and conveyed truth about the complexity of life. In this way, the Greeks were able to understand right and wrong in their lives.

① 그리스인들은 계산기 사용이 가능해지기 훨씬 전에 수학, 기하학, 미적분학을 이해했다.

② 망원경이 발명되기 수 세기 전, 그리스인들은 지구가 축을 중심으로 회전하거나, 혹은 태양 주변을 돌지도 모른다고 제안했다.

③ 강력한 왕이나 피에 굶주린 전사에 의해 지배되는 세상에서 그리스인들은 심지어 민주주의에 대한 생각을 발전시켰다.

④ 그리스인들은 인근 화산에서 연기가 나는 이유를 찾아내는 등 주변 세상의 모든 측면들을 매우 잘 이해하고 있었다.

⑤ 그리스인들은 한 세대에서 다음 세대로 지식을 전달하는 교육적 도구로 신화를 사용했다.

〈출처〉 경기도교육청 2017년 11월 고1 모의고사 / 2018년 고1 2학기 기말 _ 정답 ④

글의 순서를 묻는 모의고사 문항이 내용 일치 문제로 변형되어 출제되었네요. 지문에 다섯 가지 이상의 정보만 나오면, 얼마든지 그 지문이 변형되어 내용 일치 문제로 출제될 수 있어요.

내용 일치 문제는 지문에 내용이 제시되는 순서대로 선택지를 배열해요. 간혹 문제를 더 어렵게 만든다고 순서를 섞어 내는 선생님도 있지만, 대부분은 순서대로 제시해요. 순서대로 정보가 나오니, 위에서부터 하나씩 맞춰보면 되겠죠? 대신 한 문장 한 문장 정확하게 해석해야 해요.

이제, 선택지를 하나씩 살펴볼까요?

① 그리스인들은 계산기 사용이 가능해지기 훨씬 전에 수학, 기하학, 미적분학을 이해했다. (○)
'The Greeks figured ~ were available.'의 내용을 그대로 담고 있기 때문에 글의 내용과 일치해요.

② 망원경이 발명되기 수 세기 전, 그리스인들은 지구가 축을 중심으로 회전하거나, 혹은 태양 주변을 돌지도 모른다고 제안했다. (○)
'Centuries before telescopes ~ around the sun.'의 내용을 그대로 담고 있기 때문에 글의 내용과 일치해요.

③ 강력한 왕이나 피에 굶주린 전사에 의해 지배되는 세상에서 그리스인들은 심지어 민주주의에 대한 생각도 발전시켰다. (○)
'In a world ruled by powerful ~ idea of democracy.'의 내용을 그대로 담고 있기 때문에 글의 내용과 일치해요.

⑤ 그리스인들은 한 세대에서 다음 세대로 지식을 전달하는 교육적 도구로 신화를 사용했다.
(○)
'They were educational tools ~ to the next.'의 내용을 그대로 담고 있기 때문에 글의 내용과 일치해요.

자, 이제 정답을 살펴볼까요?

> ④ 그리스인들은 인근 화산에서 연기가 나는 이유를 찾아내는 등 주변 세상의 모든 측면들을 매
> 우 잘 이해하고 있었다. (×)
> 'There were many aspects of the world around them that they <u>didn't</u> understand
> very well.' 부분에서 didn't를 포함하지 않고 서술했어요.

    지문의 문장에 있는 부정어를 선택지에서 누락하거나, 부사를 다르게 해석하는
경우가 있기 때문에 모든 단어들이 정확하게 해석되었는지 꼼꼼하게 따져봐야 해
요. 선택지에서는 지문과 달리 긍정인 내용이 부정으로, 부정인 내용이 긍정으로,
또는 동사나 부사가 반대로 (예: decrease → increase / rapidly → slowly) 혹은 다
르게 제시될 수 있다는 것을 기억하세요!

## [유형 2] 내용 일치 (선택지가 영어인 경우)

**19. 글의 내용과 일치하는 것은?** (3.2점)

Why doesn't the modern American accent sound similar to a British accent? After all, didn't the British colonize the U.S.? Experts believe that British residents and the colonists who settled America all sounded the same back in the 18th century, and they probably all sounded more like modern Americans than modern Brits. The accent that we identify as British today was developed around the time of the American Revolution by people of low birth rank who had become wealthy during the Industrial Revolution. To distinguish themselves from other commoners, these people developed new ways of speaking to set themselves apart and demonstrate their new, elevated social status. In the 19th century, this distinctive accent was standardized as Received Pronunciation and taught widely by pronunciation tutors to people who wanted to learn to speak fashionably.

\* Received Pronunciation: 영국 표준 발음

① In the 18th century, British residents and the colonists in America used different accents.
② The British in the 18th century sounded more similar to modern Americans than modern Brits.
③ Industrial Revolution had a great effect on the American accent.
④ The American colonists developed a new way of speaking to show their new social status.
⑤ Most British people refused to accept the new Received Pronunciation.

〈출처〉 인천광역시교육청 2017년 9월 고1 모의고사 / 2018년 고1 1학기 중간 _ 정답 ②

이 문제는 교과서 지문을 이용하여 선택지를 영어로 제시했기 때문에 앞의 문제보다 좀 더 어려운 문제군요. 지문의 내용을 정확히 알고 있다고 하더라도, 선택지를 잘못 해석하면 틀리기 때문이죠. 수업 시간에 다루지 않은 영어 문장이 있어서 영어 실력이 드러나는 문제이기도 해요.

각각의 선택지는 지문의 내용을 다른 말로 바꾸어 표현한 것이죠. 이것을 '패러프레이징(paraphrasing)'이라고 해요. 따라서 각 선택지가 지문의 어떤 문장을 바꾸

어 표현한 것인지 찾는 것이 급선무예요. 그러고 나서 영어 선택지를 정확하게 해석해야 해요.

> **Q. 그런데, 'paraphrasing'이 무슨 뜻이죠?**
>
> 'paraphrasing'이란 한 문장을 같거나 유사한 의미의 다른 문장으로 바꿔 쓰는 것을 말해요. 단어를 유의어로 바꾸거나, 문장 구조를 변형해서 쓸 수 있어요. 다음 두 문장을 비교해 보세요. 비슷한 의미이지만, 문장을 다르게 썼지요?
>
> [변경 전] Willy Wonka was famous for his delicious candy. Children and adults loved to eat it.
> [변경 후] Willy Wonka was known throughout the world because people enjoyed eating the tasty candy he made.

그럼 오답지를 먼저 살펴볼까요?

---

① In the 18th century, British residents and the colonists in America used different accents. (×)
'Experts believe that British residents and the colonists who settled America all sounded the same back in the 18th century'라고 되어 있으니 같은 말씨를 썼다고 할 수 있는데, 선택지에는 different라고 쓰여 있으니, 일치하지 않네요.

③ New American accent started to develop during Industrial Revolution by the rich. (×)
'The accent that we identify as British today was developed around the time of the American Revolution by people of low birth rank who had become wealthy during the Industrial Revolution.'라고 되어 있으니, 미국식 영어가 아닌 영국식 영어가 발달되었네요.

④ The American colonists developed a new way of speaking to show their new social status. (×)
'To distinguish themselves from other commoners, these people developed new ways of speaking to set themselves apart and demonstrate their new, elevated social status.'라고 되어 있으니, 미국인이 아닌 영국인이 새로운 말씨를 만들었네요.

⑤ Most British people refused to accept the new Received Pronunciation. (×)
'In the 19th century, this distinctive accent was standardized as Received Pronunciation and taught widely by pronunciation tutors to people who wanted to learn to speak fashionably.'라고 되어 있으니 많은 사람들이 새로운 영국 말씨를 배웠음을 알 수 있어요.

지문의 문장과 비슷한 의미를 가진 문장으로 선택지가 이루어진 것을 보았죠?
자, 이제 정답을 살펴볼까요?

②	The British in the 18th century sounded more similar to modern Americans than
	modern Brits. (O)
	'~ they probably all sounded more like modern Americans than modern Brits.'라
	고 되어 있으니, 18세기 당시 미국인과 영국인 모두 현대 미국식 영어와 비슷하다고 할
	수 있으니 정답이에요.

한 문장씩 지문과 살펴보니 해석만 잘 된다면 쉽게 풀 수 있겠지요?

수업 시간에 선생님과 한 문장씩 해석하지 않았다 하더라도
대부분의 지문은 이 유형의 문제로 충분히 출제될 수 있어요.

## 2) 이렇게 공부하자!

### (1) 단어의 의미를 정확하게 외우자.

내용 일치 문제는 숲(전체)을 보는 능력을 측정하는 것이 아니라 나무(부분)를 볼 수 있는지 확인하는 유형이에요. 단어 하나를 틀리게 해석하거나 반대로 해석하면 문제에 따라 오답 또는 정답이 되지요. 평소에 지문에 나오는 단어의 의미를 정확히 알고 있어야 해요.

### (2) 한글 해석을 먼저 읽어 보자.

이건 기초가 부족한 학생들을 위한 긴급 처방이에요. 배경 지식이 있으면 영어 지문을 해석하기 훨씬 쉽거든요. 한글 해석을 먼저 읽어 배경 지식을 확보한 후에 영어를 읽으면 좀 더 편안한 느낌이 들 거예요. 단, 한글 해석만 읽고 시험공부를 다 했다고 생각해서는 안 돼요!

### (3) 내가 해석한 것과 한글 해석을 비교해보자.

내용 일치 문제를 자주 틀리는 학생들을 위한 방법이에요. 단어도 다 아는 데 틀린다면, 자신이 직접 해석한 것을 공책에 적어 보세요. 그러고 나서 자신이 한 해석과 자습서의 해석을 비교해 보세요. 답답하고 지루할 수 있지만, 세부적인 부분(명사, 형용사, 부사, 부정어 등)을 틀리게 해석하거나 누락했을 수 있어요. 이러한 훈련을 몇 번만 해보면 실력이 향상되는 느낌이 들 거예요!

### (4) 스캐닝(scanning) 훈련을 하자.

스마트 기기를 샀을 때 매뉴얼을 첫 페이지부터 꼼꼼하게 읽는 사람이 있을까요? 실제로 이렇게 읽는 사람은 거의 없을 거예요. 아마 전원 켜는 방법이나 몇 가지 메뉴 조작 방법처럼 필요한 부분만 사용할 거예요. 이런 읽기 방법을 '스캐닝(scanning)'이라고 해요. 스캐너처럼 지문 전체를 훑으며 필요한 정보를 쏙쏙 찾아서 읽는 방법이죠. 사실 내용 일치 문제는 지문을 다 읽을 필요가 없어요. 선택지에서 말하는 내용이 지문 어디에 있는지 빨리 찾는 훈련을 해보세요. 문제를 푸는 데 걸리는 시간을 줄일 수 있을 거예요.

# 3) 시험 당일, 이렇게 풀어보자!

## (1) 선택지가 한글인 경우, 선택지를 먼저 읽고 핵심 단어를 표시해 두자.

이런 문제는 선생님이 정답을 맞히라고 주는 문제에요. 시간을 벌 수 있는 기회죠. 이 문제는 반드시 정답을 맞히겠다는 마음으로 문제를 푸세요. 먼저 선택지를 읽으며 핵심이 되는 단어(명사, 동사, 부사 등)를 표시해 두세요. 이렇게 표시를 하면, 지문을 읽지 않아도 지문의 내용을 대강 파악할 수 있어요.

## (2) 선택지가 영어인 경우, 시간을 확인하며 풀자.

영어 선택지는 처음 보는 문장이기 때문에 영어 실력이 부족하면 선택지를 해석하는 데 시간이 좀 오래 걸릴 수 있어요. 대부분 선생님들이 일치 문제를 조금 어렵게 내고 싶을 때 영어 선택지를 사용하지요. 선택지 문장이 아주 어렵다면, 생각보다 많은 시간이 걸릴 수 있어요. 꼭 시간을 확인하면서 풀어야 해요.

## (3) 영어 지문과 선택지를 꼼꼼하게 비교해 보자.

일반적으로 선택지 순서는 지문 내용과 순서가 같아요. 스캐닝으로 독해를 하려면 필요한 정보를 빨리 찾아야 한다고 했죠? 선택지 1번부터 5번까지의 내용이 맞는지 지문 첫 부분부터 차례로 훑어 내려가면서 선택지를 확인하면 시간을 절약할 수 있어요. 명사, 형용사, 부사, 부정어 등을 정확하게 해석했는지 확인해 보세요!

## (4) 지문 내용과 일치하는 않는 부분을 선택지에 표시하자.

발문에서 '일치하는 것은?'이라고 되어있는데 불일치하는 문장을 답으로 선택했거나, '일치하지 않는 것은?'이라고 되어 있는데 일치하는 것을 답으로 표시해 안타깝게 틀린 경험이 있나요? 그렇다면 선택지에 바로 일치 여부를 표시하세요. 사실 지문과 선택지를 비교하며 해석하다 보면 문제가 뭘 물었는지 깜박할 때가 있거든요. 선택지에 ○, ×로 표시해두면 답을 옮길 때 간편해요.

# 3.
## 어휘 추론 문제,
## 어떻게 대비해야 하나요?

이 유형은 문맥을 제대로 파악하고 있는지를 확인하는 유형과 주어진 어휘의 의미를 알고 있는지를 확인하는 유형으로 구분할 수 있어요. 이 유형의 경우 기본적으로 어휘를 많이 알고 있어야 해요. 유의어도 많이 알아두면 더욱 좋겠지요. 특히 철자나 의미가 혼동될 수 있는 어휘는 구분해 알아두어야 해요. 이때 자기만의 어휘 목록을 만들어 두면 편하겠죠? 또 글을 읽을 때 수동적으로 읽기보다는 내용이 논리적으로 타당한지 따져가며 글을 읽는 훈련을 하세요.

어휘 문제에는 두 가지 출제 의도가 숨어 있어요. 하나는 글의 문맥을 잘 이해하고 있는지를 묻기 위함이고, 다른 하나는 어휘를 많이 또는 정확히 알고 있는지를 묻기 위함이에요. 때로는 난도를 높이기 위해 목표 어휘와 어려운 어휘가 함께 출제되는 경우도 있어요. 하지만 그 단원에서 배운 어휘를 정확히 알고 있으면 문제없어요.

## 발문 예시

### 문맥 파악 여부를 묻는 유형
- (A), (B), (C)의 각 네모 안에서 문맥에 맞는 낱말로 가장 적절한 것은?
- 윗글의 밑줄 친 ⓐ~ⓔ 중, 문맥상 낱말의 쓰임이 적절하지 않은 것은?
- 글의 빈칸에 들어갈 단어나 어구의 뜻이 어색한 것은?

### 어휘의 의미 파악을 확인하는 유형
- 밑줄 친 단어가 다음 글에서의 의미와 동일하게 사용된 것은?
- 다음 글의 밑줄 친 (a)~(e)의 영영 뜻풀이가 옳지 않은 것은?

일반적으로 첫 번째와 두 번째에 있는 발문으로 문제를 많이 출제하지만, 영영 뜻풀이를 나누어준 선생님의 경우에는 다섯 번째에 있는 발문으로 문제를 내기도 해요.

# 1) 이렇게 출제된다!

## [유형 1] 문맥 파악 여부

---

**10. (A), (B), (C)의 각 네모 안에서 문맥에 맞는 낱말로 가장 적절한 것은?**

    Do hair and fingernails continue to grow after a person dies? The short answer is no, though it may not seem that way to the casual observer. That's because after death, the human body dehydrates, causing the skin become smaller. This (A) | shrinking / stretching | exposes the parts of the nails and hair that were once under the skin, causing them to appear longer than before. Typically, fingernails grow about 0.1 millimeters a day, but in order to grow, they need glucose – a simple sugar that (B) | assists / interrupts | powering the body. Once the body dies, there's no more glucose. So skin cells, hair cells, and nail cells no longer (C) | crate / create | new cells. Moreover, a complex hormonal regulation directs the growth of hair and nails, none of which is impossible once a person dies.

|   | (A) | (B) | (C) |
|---|-----|-----|-----|
| ① | shrinking | assists | crate |
| ② | shrinking | interrupts | crate |
| ③ | shrinking | assists | create |
| ④ | stretching | interrupts | create |
| ⑤ | stretching | assists | create |

---

〈출처〉 인천광역시교육청 2017년 9월 고1 모의고사 / 2019년 고1 2학기 중간 _ 정답 ③

    이 유형의 경우 배운 지문을 암기하여 지문을 읽어 보지도 않고 문제를 푸는 경향이 있어요. 이러한 문제를 방지하기 위해 지문의 단어를 다른 단어로 바꾸어 출제하기도 해요. 그나마 다행인 것은 너무 어려운 단어로 바꾸지는 않는다는 것이죠. 이런 문제는 단어를 알고 있는지 묻기보다는 글의 내용을 정확하게 이해하고 있는지 확인하기 위한 문제이기 때문이에요. 답을 찾기 위해서는 문맥을 통해 답의 근거를 찾아야 해요. 주로 선택지가 포함된 문장을 중심으로 전후 문장을 읽으면 근거를 찾을 수 있어요.

이제, 선택지를 살펴볼까요?

- That's because after death, the human body dehydrates, causing the skin become smaller. This (A) shrinking / stretching exposes the parts of the nails and hair that were once under the skin, causing them to appear longer than before.

여기서 힌트는 앞 문장에 언급된 'become smaller'예요. 피부가 줄어들기 때문에 피부 아래에 있던 손톱과 머리카락이 나타난다고 해야 자연스러우니, 적절한 낱말은 shrinking이네요.

- Typically, fingernails grow about 0.1 millimeters a day, but in order to grow, they need glucose – a simple sugar that (B) assists/ interrupts powering the body. Once the body dies, there's no more glucose.

여기서는 'they need glucose'가 힌트라는 것을 찾아내야 해요. 그리고 'a simple sugar'가 바로 앞에 언급된 glucose를 의미한다는 것도 알아야 하죠. 손톱이 자라는 데 glucose 즉, 단당이 필요한데, 그것이 몸에 동력을 공급하는 것을 돕기 때문이라고 해야 자연스러우니, 적절한 낱말은 assists예요.

- Once the body dies, there's no more glucose. So skin cells, hair cells, and nail cells no longer (C) crate / create new cells.

'there's no more glucose'가 힌트라는 것을 찾았나요? glucose가 없으면 새 세포를 만들어낼 수 없으니, 적절한 낱말은 create예요.

사실, (B), (C)의 'assists', 'create'는 원 지문에는 없는 단어였어요. 원 지문에 사용된 'helps', 'produce'가 비슷한 의미의 유의어로 대체된 거죠. 본문 내용을 이해하지 않고 암기한 학생은 답이 없다고 생각했을 수도 있겠어요.

Q. 선택지의 단어 쌍이 반의어로만 제시되나요?

아니에요. 위 문제만 봐도 (A)와 (B)는 반의어가 쌍을 이루고 있지만, (C)는 철자가 비슷한 쌍이 묶여 있어요. 이렇듯 철자가 비슷하거나 어근이 동일한 단어와 쌍을 이루어 제시되는 경우도 있어요. 이런 경우에는 단어의 철자를 정확히 알고 있는 것이 중요하겠지요. 여러분을 위해 정리해 두었으니, 'Tip. 혼동하기 쉬운 어휘'를 확인해 보세요.

방금 살펴본 문제는 아래와 같이 '어색한 낱말을 고르는 유형'으로 변경되어 출제될 수도 있어요.

---

### 문맥상 낱말의 쓰임이 적절하지 <u>않은</u> 것은?

Do hair and fingernails continue to grow after a person dies? The short answer is no, though it may seem ①<u>untrue</u> to the casual observer. That's because after death, the human body dehydrates, causing the skin to shrink, or become smaller. This ②<u>shrinking</u> exposes the parts of the nails and hair that were once under the skin, causing them to appear longer than before. Typically, fingernails grow about 0.1 millimeters a day, but in order to grow, they need glucose - a simple sugar that ③<u>discontinues</u> powering the body. Once the body dies, there's no more glucose. So skin cells, hair cells, and nail cells no longer ④<u>create</u> new cells. Moreover, a complex hormonal regulation directs the growth of hair and nails, none of which is ⑤<u>impossible</u> once a person dies.

---

형태는 달라 보이지만 풀이 방법은 비슷해요. 문맥상 의미가 통하지 않는 단어를 찾으면 되지요. 그런데, 잠깐! 지문에서 문장 구조가 달라진 것이 보이나요?

---

**원래 지문:** The short answer is no, though it may <u>not seem that way</u> to the casual observer.

**수정 지문:** The short answer is no, though it <u>may seem untrue</u> to the casual observer.

---

'not seem that way'를 'may seem untrue'로 바꿨네요. 이 유형의 경우 난도를 높이기 위해 문장 자체를 바꿔 표현하기도 해요. 그러므로 글의 내용이 어떻게 전개되고 있는지 논리적으로 생각하며 글을 읽는 연습을 꾸준히 하세요.

## [유형 2] 어휘의 의미 파악

### 10. 밑줄 친 단어가 다음 글에서의 의미와 동일하게 사용된 것은?

To photographer Kim Ki-chan (1938 — 2005), the spirit of Korea ⓐ lies in its people. He spent thirty years recording the lives of the people in his hometown of Seoul. After the Korean War, he watched the town change rapidly into a huge modern city. He wanted to show the experiences of people affected by these changes in his pictures. Some of his most famous works are from the 1970s. These photographs ⓑ capture the small houses and narrow alleys of a small town in Seoul, before they were cleared away to make ⓒ room for apartment buildings. Kim's pictures show the lives of ordinary people back then, which were very different from those of people now. The smiling faces of children playing in alleys ⓓ free of cars remind us of the close relationships people in the past used to have with their neighbors. These kinds of relationships are seen less in today's crowded cities filled with tall apartment buildings and busy streets. His photos, therefore, give older Koreans the chance to ⓔ recall their memories of the past.

① ⓐ - He had to lie about his age to get into the army.
② ⓑ - He did a series of sketches, trying to capture all her emotions.
③ ⓒ - He walked out of the room and slammed the door.
④ ⓓ - A true democracy guarantees free speech and a free press.
⑤ ⓔ - At least three companies issued a recall of their latest antibiotics.

〈출처〉 2009 개정 능률(이) 영어 I / 2016년 고1 2학기 기말 _ 정답 ②

교과서의 두 페이지에 달하는 본문을 합쳐서 하나의 문항으로 출제했군요.

자, 그럼 선택지를 하나씩 살펴볼까요?

① ⓐ – He had to <u>lie</u> about his age to get into the army.
본문에서는 '~있다'는 의미를 나타내지만, 선택지에서는 '거짓말하다'는 의미로 쓰였어요.

② ⓑ – He did a series of sketches, trying to <u>capture</u> all her emotions.
본문과 동일하게 '담아내다'는 의미로 쓰였어요. 이것이 정답이네요.

③ ⓒ – He walked out of the <u>room</u> and slammed the door.
본문에서는 '공간'이라는 의미이지만, 선택지에서는 '방'이란 의미로 쓰였어요.

④ ⓓ – A true democracy guarantees <u>free</u> speech and a free press.
본문에서는 '~이 없는'이라는 의미인데, 선택지에서는 '자유로운'이라는 의미로 쓰였어요.

⑤ ⓔ – At least three companies issued a <u>recall</u> of their latest antibiotics.
본문에서는 '회상하다'는 의미이지만, 선택지에서는 '회수하다'는 의미로 쓰였어요.

이 문제는 한 단어의 다양한 의미를 알고 있는 학생들에게 좀 유리했을 수 있겠지요? 그렇다고 본문에서 사용된 뜻만 알고 있었던 학생이 풀 수 없었던 문제는 아니에요. 본문에 사용된 의미를 그대로 선택지에 넣어 보고, 그 문장이 자연스럽게 해석되는 것을 고르면 되니까요.

유형이 무엇이든 단어를 알고 문맥을 파악하며 읽을 수 있다면, 그 문항은 맞힐 수 있어요!

## 2) 이렇게 공부하자!

### (1) 어휘는 유의어도 함께 많이 외우자.

기본적으로는 교과서 단어, 단어 학습지, 수업 중에 필기한 어휘도 함께 공부해야 해요. 난도를 높이기 위해서 또는 맹목적으로 본문을 암기하는 것을 방지하기 위해서 여러분이 공부한 어휘를 유의어로 바꿔 출제하기도 하니, 유의어도 함께 공부해두면 도움이 되겠죠!

여력이 된다면 단어의 여러 가지 의미를 알아둘 필요도 있어요. 내신뿐만 아니라 수능도 함께 대비하려면 단어의 여러 가지 의미를 알고 있는 것이 유용하거든요.

> Q. 단어는 외우고 외워도 잊어버려요. 효율적으로 외울 방법이 있나요?
>
> 자신에게 맞는 가장 효율적인 방법을 찾아보세요. 접두사/접미사/어근을 활용해 외우거나, 어원을 이용해 외우거나, 청각화(mp3 사용) 혹은 시각화하여 외울 수도 있어요. 모르는 단어들을 정리해서 자신만의 단어장을 만들어도 되고, 시중에 나와 있는 어휘집을 구입해서 공부해도 좋아요.
>
>
>
>
>
> 이 클래스 카드 앱(App)은 각 교과서의 어휘가 카드 형태로 제시되어 암기할 수도 있고, 혼자 시험도 볼 수 있어요. 요즘에는 단어 앱이 많으니 게임을 하며 외우는 것도 좋아요.

## (2) 철자나 의미가 혼동되는 어휘는 비교하며 공부하자.

두 단어 중 하나를 고르는 문제는 반의어끼리, 유사한 철자를 가진 어휘끼리, 어근은 같으나 의미가 다른 어휘 등 다양하게 출제돼요.

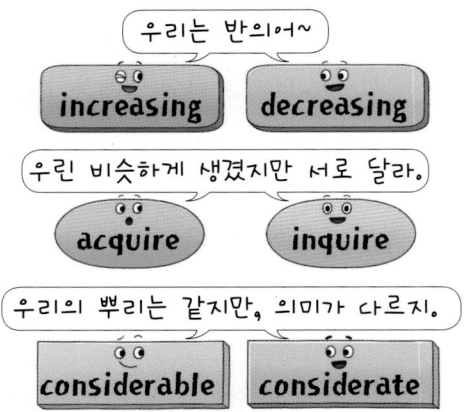

시험 기간에는 여유가 없으니 혼동하기 쉬운 어휘는 평소 시간이 있을 때 꼼꼼히 외워 놓으세요. 단어를 눈으로만 익힌 학생들은 이 유형의 문제뿐만이 아니라 독해를 할 때도 철자 한두 개 때문에 의미를 잘못 해석할 수도 있으니, 철자까지 완벽하게 외우도록 하세요!

## (3) 나만의 어휘 목록을 만들자.

특히 안 외워지거나, 혼동하기 쉬운 어휘와 같은 경우는 나만의 어휘 목록을 만들어 두는 것도 좋아요. 기초가 부족하다고 생각되거나 교과서 지문에 빨리 익숙해지고 싶다면, 예문으로 교과서 지문에 사용된 영어 문장을 적어 두고, 기본적인 영어 실력이 있다면 사전에 있는 다양한 예문을 적어 두세요. 아래는 한 학생이 만든 단어장이에요.

---

26. capture 1. 포로로 잡다 take into one's possession or control by force
    유의어: arrest, taking captive
    반의어: release
    예) Fisherman on a fishing boat recently captured a fat bass.
    2. 포착하다 record accurately in words or pictures
    예) All you need to do is capture the color of any object.

---

(4) 문맥을 생각하며 글을 읽는 훈련을 하자.

어색한 어휘를 고르는 문제는 어휘를 많이 알고 있는지 묻는 것이 아니라, 글의 내용을 잘 이해하고 있는지 묻는 문항인 경우가 많아요. 따라서 내용이 논리적으로 타당한지 따져가며 읽는 훈련을 해야 해요.

## 3) 시험 당일, 이렇게 풀어보자!

(1) 시험 보기 전에 혼동되는 단어를 확인하자.

이 유형을 자주 틀린다면, 혼동되는 단어를 시험 보기 전에 확인해보는 것이 좋아요. 평소 단어장에 잘 안 외워지는 단어를 형광펜이나 별모양과 같은 기호로 표시해 두었다면 확인하기 훨씬 쉽겠죠?

(2) 어색한 어휘를 찾는 문제는 문맥으로 파악하자.

선택지에 있는 어휘들은 어렵지 않아요. 어휘력이 아니라 독해력을 묻는 문항인 경우가 많죠. 어휘 선택지가 포함된 문장과 그 주변을 읽으면서 근거를 찾아보세요. 대체로 '증감', '속도', '감정', '가치' 등과 관련된 형용사나 동사가 정답인 경우가 많아요. 문맥에서 대상이 증가하는지 감소하는지, 어떤 속도로 변화하는지와 관련된 힌트를 찾아보세요.

(3) 어휘의 뜻이 생각나지 않으면 접두사, 접미사, 원형의 형태를 생각해 보세요.

선택지에 있는 단어의 의미가 갑자기 생각나지 않더라도 너무 당황하지 마세요. 단어의 다른 변형을 생각해보거나 접두사, 접미사 등을 통해 유추할 수 있어요. 시험 보기 전에 Tip. 접두사 · 접미사가 나타내는 의미를 한 번 보세요. 대부분 아는 단어가 많아서 접두사와 접미사를 익히는 데 오랜 시간이 걸리지 않을 거예요.

# Tip. 혼동하기 쉬운 어휘

| | | |
|---|---|---|
| 1 | accused<br>accustomed | 고발당한, 비난받는<br>익숙해진, 평소의 |
| 2 | acquire<br>inquire<br>require | 얻다, 획득하다<br>물어보다<br>요구하다, 필요로 하다 |
| 3 | adapt<br>adopt | 적응하다<br>입양하다 |
| 4 | addition<br>addiction | 추가, 덧셈<br>중독 |
| 5 | adversary<br>adversity | 적, 상대편<br>역경, 불행 |
| 6 | alternate<br>alternative | 번갈아하는, 변화하는<br>대안, 대체할 수 있는 |
| 7 | anticipate<br>participate | 기대하다<br>참여하다 |
| 8 | aptitude<br>attitude | 적성, 기질<br>태도, 자세 |
| 9 | attention<br>intention | 관심, 주의<br>의도 |
| 10 | anonymous<br>unanimous | 익명의<br>만장일치의 |
| 11 | aspect<br>prospect | 국면, 양상<br>전망, 가망성, 장래성 |
| 12 | aspiring<br>inspiring | 야심을 가진<br>고무적인 |
| 13 | appreciate<br>depreciate | 감사하다, 평가하다<br>경시하다, 평가절하하다 |
| 14 | apprehensive<br>comprehensive | 걱정되는, 불안한<br>포괄적인, 광범위한 |
| 15 | assemble<br>resemble | ～을 모으다, 모이다<br>～을 닮다 |

| 16 | assertive<br>attentive | 독단적인<br>주의 깊은, 경청하는 |
|---|---|---|
| 17 | assist<br>insist | 돕다<br>주장하다, 고집하다 |
| 18 | assumption<br>consumption | 가정<br>소비 |
| 19 | attain<br>contain | 얻다, 달성하다<br>내포하다 |
| 20 | attribute<br>contribute | ~의 탓으로 돌리다<br>공헌하다, 기여하다 |
| 21 | banish<br>vanish | 추방하다, 내쫓다<br>사라지다 |
| 22 | beneficent<br>beneficial | 인정 많은<br>유익한, 이로운 |
| 23 | compelling<br>repelling | 주목하지 않을 수 없는<br>물리치는, 쫓아버리는 |
| 24 | comprehensive<br>comprehensible | 포괄적인, 광범위한<br>이해할 수 있는 |
| 25 | confident<br>confidential | 자신감이 있는<br>기밀의 |
| 26 | considerate<br>considerable | 생각이 깊은<br>유익한, 이로운 |
| 27 | efficient<br>effective | 효율적인<br>효과적인 |
| 28 | emphasize<br>empathize | 강조하다<br>공감하다 |
| 29 | evolutionary<br>revolutionary | 진화의, 점진적인<br>혁명적인 |
| 30 | intelligent<br>intelligible | 영리한<br>이해할 수 있는 |

| 31 | literal<br>literate | 글자 그대로의<br>읽고 쓸 줄 아는 |
|---|---|---|
| 32 | persist<br>resist | 고집하다, 지속하다<br>저항하다 |
| 33 | respectable<br>respective | 존경할만한<br>각각의 |
| 34 | presume<br>resume | 가정하다<br>다시 시작하다 |
| 35 | retain<br>sustain | 보유하다, 보류하다<br>지속하다, 떠받치다 |
| 36 | sensible<br>sensitive | 분별 있는<br>섬세한, 민감한 |
| 37 | social<br>sociable | 사회적인<br>사교적인 |
| 38 | spontaneously<br>simultaneously | 자발적으로, 즉흥적으로<br>동시에 |

# Tip. 접두사·접미사가 나타내는 의미

| 접두사 | 의미 | 예시 단어 | |
|---|---|---|---|
| auto– | 자신의, 스스로 | automobile | 자동차 |
| be– | ～하게 하다 | belittle | 하찮게 보다, 비하하다 |
| bi– | 둘 | bilingual | 두 나라 말을 하는 |
| circum– | 둘레에 | circumstance | 환경, 상황, 정황 |
| co– | 공동의 | coordinate | 조정하다, 조화시키다 |
| dis– | 반대의 | disappear | 사라지다 |
| hemi– | 절반 | hemisphere | 반구 |
| homo– | 같은 | homonym | 동음이의어 |
| inter– | 사이 | international | 국제적인 |
| micro– | 작은 | microscope | 현미경 |
| mis– | 틀린 | misjudge | 잘못 판단하다 |
| mono– | 하나 | monologue | 독백 |
| out– | 밖 | outstanding | 눈에 띄는, 뛰어난 |
| over– | 초과 | overflow | 넘치다, 넘쳐흐르다 |
| poly– | 많은 | polygon | 다각형 |
| post– | 다음의 | postwar | 전후의 |
| pre– | 이전의 | precaution | 예방, 조심 |
| re– | 다시, 새로 | recover | 회복하다 |
| semi– | 절반 | semicircle | 반원, 반원형 |
| sub– | 아래, 하부 | subordinate | 하위의; 종속시키다 |
| syn– | 함께 | synonym | 유의어, 동의어 |
| tele– | 먼 | telescope | 망원경 |
| un– | 부정 | unkind | 매정한 |
| under– | 불충분한 | underestimate | 과소평가하다, 얕보다 |
| vice– | 대리 | vice – president | 부통령 |
| 접미사 | 의미 | 예시 단어 | |
| –ed | ～을 가진 | gifted | 재능을 가진 |
| –en | ～로 만들어진 | wooden | 나무로 만든 |
| –ful | ～로 충만한 | wonderful | 놀라운 |
| –ish | 기미가 있는 | childish | 어린애 같은, 유치한 |
| –less | ～이 없는 | careless | 부주의한, 조심성 없는 |
| –like | ～다운 | godlike | 신과 같은 |
| –some | ～경향의 | troublesome | 골칫거리인 |
| –ward | ～로 향한 | backward | 뒤로의, 퇴보하는 |

# 4.
# 연결어 추론 문제,
## 어떻게 대비해야 하나요?

이 유형은 문장의 논리적 관계를 파악해서 빈칸에 알맞은 연결사를 추론
하는 것이에요. 이 유형의 경우에는 '필수 연결어'를 반드시 암기해야 해
요. 이때 같은 의미의 연결어를 함께 묶어서 외우면 효과적이에요. 그리고
교과서나 모의고사 지문에 연결어가 나온 부분의 앞·뒤 문장이 논리적인
관계인지 파악하는 연습을 해 보는 것도 좋아요.

이번에는 연결어 추론 문제를 살펴볼 거예요. 이 유형은 글의 전체 흐름에 따라 빈칸 전후 문장의 논리적 관계를 파악해서 빈칸에 알맞은 연결어를 고르는 것이지요. 어려운 유형은 아니지만, 내신 시험에 단골로 출제되고 있어요.

## 발문 예시

• 다음 글의 빈칸 (A), (B)에 들어갈 말로 가장 적절한 것은?

영어에는 다양한 종류의 연결어가 있어요. 사실, 연결어만 잘 알고 있어도 독해가 엄청 쉬워져요. 연결어의 종류와 각각의 기능을 이해하고 있으면 연결어만 봐도 어디에 주제가 나오는지, 어떤 내용이 이어질지 대략 추측할 수 있거든요. 가령, 빈칸에 연결사로 'for example'이 들어가면 주제가 빈칸 앞에 등장할 확률이 높아요. 반대로, 'however'와 같은 역접 연결어는 빈칸 뒷부분이 주제인 경우가 많아요.

## 1) 이렇게 출제된다!

**3. 다음 글의 빈칸 (A), (B)에 들어갈 말로 가장 적절한 것은?**

Recycling is good for many reasons. We can reduce the amount of trash thrown away, use less energy than we would to make new products, and conserve natural resources by recycling. _____(A)_____, recycling is not a perfect way to manage waste. It still requires large amounts of energy to purify used resources and convert them into new products. So, what about trying to creatively reuse, or "upcycle," them instead? This new approach is becoming more popular since it is even more environmentally friendly than recycling. _____(B)_____, it can also be fun! Here are some inspiring examples of how people have creatively upcycled old, used things.

|   | (A) |   | (B) |
|---|-----|---|-----|
| ① | Yet | … | Furthermore |
| ② | Hence | … | For instance |
| ③ | However | … | For example |
| ④ | Likewise | … | What's more |
| ⑤ | Therefore | … | Similarly |

〈출처〉 2015 개정 능률(김) 영어 / 2018년 고1 1학기 중간 _ 정답 ①

　이 유형은 빈칸이 두 군데 있는 경우가 일반적이에요. 글의 전체 내용을 이해하는 것도 중요하지만, 연결어 문제는 연결어 바로 앞과 뒤의 문장 관계에 주목해야 해요. 정말 그런지 문제를 통해 알아볼까요?

　빈칸 (A) 앞에 어떤 이야기가 나오는지 보세요. 재활용이 좋은 여러 가지 이유에 관해 이야기하고 있죠? 그런데 빈칸 (A) 뒤는 무슨 내용인가요? 재활용이 완벽한 쓰레기 처리 방법이 아니래요. 앞 문장과 반대로 재활용의 안 좋은 점이 나오고 있네요. 이렇게 빈칸 앞뒤 문장에 반대되는 내용이 나오면 어떤 연결어가 들어가야 적절할까요? 맞아요! 역접의 연결어가 들어가야 해요. 문제의 선택지에 있는 'Yet' 또는 'However'가 들어갈 수 있어요.

빈칸 (B)의 경우는 어떤가요? 연결어 앞에는 '업사이클(upcycle)이 재활용보다 훨씬 더 친환경적이다(it is even more environmentally friendly than recycling.)' 라는 내용이 왔어요. 연결어 뒤에는 '이것(업사이클)은 또한 재미도 있다(it can also be fun!)'라는 업사이클에 대한 추가적인 장점이 나와요. 이럴 땐 '첨가'의 연결어 'Furthermore' 또는 'What's more'가 들어가는 게 맞겠죠? 따라서 문제의 답은 ①번이에요.

어려운 문제는 아니라고 생각했는데, 실제 시험에서는 스스로 함정에 빠진 학생들이 꽤 있었어요. 바로 ③과 ④번 선택지를 고른 학생들인데요. 이 문제의 원래 교과서 지문에서는 (A)에 'However'가 쓰였고 (B)에 'What's more'가 쓰였거든요. 이 부분을 시험에 출제하면서 선생님이 'However' 대신에 'Yet'으로 'What's more' 대신 'Furthermore'로 바꾸었어요. 즉, 비슷한 의미의 다른 연결어로 대체한 거죠. 그런데 선택지를 꼼꼼히 살피지 않고 교과서에서 외웠던 것만 기억해서 성급하게 답을 고른 학생들은 이 함정에 빠졌답니다.

이런 유형은 원래 지문에 있던 연결어와 비슷한 의미를 가진 다른 연결어로 바꾸어 선택지를 제시하는 경우가 많아요. 그래서 비슷한 의미의 연결어를 함께 정리해서 외워두는 것이 중요해요!

비슷한 의미를 나타내는 연결어로 바뀌어 출제될 수 있어요.

## 2) 이렇게 공부하자!

### (1) 필수 연결어는 반드시 외우자.

연결어 문제를 정복하는 첫 번째 단계는 당연히 연결어 암기에서 시작해요. 연결어 문제를 어려워하는 학생들을 보면 연결어의 의미와 용법을 잘 모르고 있는 경우가 많아요. 연결어를 잘 외워두면 다른 유형의 독해 문제를 풀 때도 큰 도움이 돼요. 영어 독해의 고수가 되려면 연결어 암기는 필수예요.

### (2) 같은 의미의 연결어는 함께 알아 두자.

시험 범위에 나오는 모든 연결어에 형광펜으로 표시를 해보세요. 이렇게 표시해두면 복습할 때 눈에 더 잘 들어오겠죠? 표시해둔 연결어와 같은 의미를 가진 연결어를 그 옆에 함께 적어두고 공부하세요. 지문에 나온 연결어를 똑같이 쓰지 않고 비슷한 뜻의 다른 연결어로 바꾸어 출제하는 경우가 많거든요. 그래서 같은 의미의 연결어는 함께 알아두면 문제를 풀 때 도움이 돼요.

### (3) 연결어 전후 문장의 논리적인 관계를 확인하자.

교과서에 나온 연결어를 무조건 암기하려고 하지 말고, 연결어가 쓰인 이유를 먼저 이해하는 게 중요해요. 빈칸의 전후 문장을 해석해 보고, 이 연결어가 왜 필요한지 논리적으로 따져 보세요. 만약 'however'가 사용되었다면 앞에서 말한 내용과 반대되는 내용이 이어지는지 확인해보세요. 'for example'이 사용되었다면 앞 문장에 대한 구체적인 예시가 제시되고 있는지 확인해보세요. 이렇게 연결어가 사용된 이유를 연습하면, 글의 논리적 흐름을 파악하는 능력도 생기고 시험에서 연결어가 훨씬 기억이 잘 나요.

Q. 원래 연결어가 없던 곳에 연결어를 넣으라는 문제도 나오던데, 이건 어떻게 대비하나요?
원래 지문에는 연결어가 없던 부분에 문맥에 맞는 연결어를 넣으라는 문제가 출제되기도 해요. 연결어 문제를 본문 암기만으로 해결하려고 했던 학생들은 크게 당황스러워하죠. 이런 문항은 빈칸 앞뒤 문장을 일단 해석해 보세요. 그리고 그 두 문장 간의 관계가 무엇인지 생각해보는 거예요. 평소에 연결어의 종류와 기능에 대해 공부를 한 학생은 이 문항이 그리 어렵지 않을 거예요.

## 3) 시험 당일, 이렇게 풀어보자!

### (1) 빈칸 전후 문장의 논리적 관계를 꼼꼼히 따져 보자.

원문에 나온 연결어가 아닌 다른 연결어로 대체된 선택지나, 원래 없었던 자리에 연결어를 넣는 문제가 나오면 당황하지 말고 연결어 전후 문장을 해석해 보세요. 그리고 나서 두 문장이 어떤 의미 관계를 가지는지 논리적 흐름을 파악해 보세요.

### (2) 연결어를 넣어 자연스러운지 확인하자.

'돌다리도 두들겨 보고 건너라'는 속담이 있죠? 답을 찾았다고 성급하게 다음 문제로 후다닥 넘어가지 말고요. 여러분이 고른 연결어를 빈칸에 넣어 보고, 글이 매끄럽게 이어지는지 한 번 읽어 보세요. 연결어가 전후 문장을 자연스럽게 이어주고 있다면 잘 고른 거겠죠? 항상 답을 찾고 검토하는 습관을 들이면 시험에서 실수를 줄일 수 있어요.

## Tip. 꼭 외워 두어야 할 주요 연결어

| 기능 | 쓰임 | 의미 | 표현 |
|---|---|---|---|
| 역접 | 앞뒤의 내용이 서로 반대되거나 대조적일 때 | 하지만, 그럼에도 불구하고 | but, however, yet, still, nevertheless, nonetheless |
| | | 반면에, 대조적으로 | by(in) contrast, on the contrary, on the other hand |
| | | 반대로 | conversely |
| | | 대신에 | instead |
| 예시 | 앞 내용에 대한 구체적인 사례를 제시할 때 | 예를 들면 | for example, for instance, as an illustration |
| 첨가 | 앞 내용과 연결이 되는 추가 근거나 사례를 제시할 때 | 또한, 게다가, 더욱이 | also, moreover, in addition, furthermore, besides, what is more, additionally |
| 환언 | 앞 내용과 같은 내용을 다른 말로 표현할 때 | 즉, 다시 말해 | in other words, that is (to say), namely, to put it another way |
| 결론 | 이유나 원인에 대한 결과나 결론을 제시할 때 | 따라서, 그래서, 결과적으로 | therefore, hence, thus, as a result, consequently, in conclusion |
| 요약 | 앞 내용을 압축하여 요점을 제시할 때 | 요약하자면, 간단히 말해서 | to sum up, in summary, in brief, in a word, in short |
| 비교·유사 | 앞 내용과 비교하여 유사한 내용이 덧붙을 때 | 마찬가지로, 유사하게 | similarly, likewise, in the same way, for the same reason, by the same token |
| 강조 | 요점이나 아이디어를 더욱 강조할 때 | 분명히, 의심할 여지없이, 특히, 실제로, 무엇보다 | clearly, obviously, without a doubt, especially, indeed, above all |

| 기능 | 쓰임 | 의미 | 표현 |
|------|------|------|------|
| 이유 | 앞서 언급했거나 발생했던 것에 관한 이유를 말할 때 | ~ 때문에, 사실, ~하기 위해서 | because of, due to, in fact, in order to |
| 순서 | 말하고자 하는 것에 관한 순서를 나타낼 때 | 첫째로, 둘째로, 셋째로, 마지막으로, 먼저, 다음에 | firstly, secondly, thirdly, finally, before, following |
| 조건 | 언급했던 것에 관한 조건을 말할 때 | 만약, ~하지 않으면, 그럴 경우에 | if, unless, in case, in that case |
| 양보 | 주장을 인정하거나 양보할 때 | 그렇기는 하지만, 그럼에도 불구하고, 비록 ~일지라도 | even so, even if, in spite of, although, even though |
| 일반화 | 일반화하여 말할 때 | 대체로, 일반적으로, 전체적으로 | as a rule, in general, generally, on the whole |

# 5.
# 빈칸 추론 문제,
## 어떻게 대비해야 하나요?

이 유형은 빈칸에 적절한 단어, 구, 절을 찾는 것이에요. 이 유형을 대비하기 위해서는 글의 전체 주제를 파악하는 것이 무엇보다 중요해요. 빈칸에는 보통 글의 주제와 밀접한 내용이 들어가거든요. 문제를 풀 때 빈칸이 포함된 문장부터 먼저 읽고 선택지를 하나씩 넣어 보며 글의 내용을 추론해 보는 방법도 있어요. 선택지가 본문의 원래 표현과 비슷하지만 다른 표현으로 바뀌어 나올 수 있다는 것도 기억하세요.

빈칸 추론 문제는 학생들이 많이 어려워하는 유형 중 하나입니다. 수능에서도 빈칸 추론 유형은 킬러 문항으로 출제되어 많은 수험생을 좌절시키기도 하는데요. 빈칸 추론 유형을 공략하려면 글의 주제뿐만 아니라, 글의 논리적 구조 파악과 선택지 분석도 잘해야 해요. 한마디로 어려운 유형이에요.

## 발문 예시

• 다음 빈칸에 들어갈 말로 가장 적절한 것을 고르면?

빈칸에 들어갈 수 있는 것은 '단어, 구, 절' 모두 가능해요. 빈칸의 위치도 '글의 앞, 중간, 끝' 등 다양하지요. 빈칸이 어디에 위치하든 중요한 것은 빈칸이 글의 주제와 밀접한 관련이 있다는 거예요. 사실 글의 주제만 파악된다면 빈칸을 찾는 건 어려운 일이 아니에요. 게다가 내신 시험은 여러분이 이미 공부한 지문에서 나오잖아요. 글의 주제는 물론 글의 논리 구조도 아는 상태에서 시험을 보기 때문에 대비를 잘 하면 그렇게 어렵지 않게 풀 수 있어요. 그래도 아직 어려워 보인다고요? 그렇다면 기출 문제를 통해서 살펴보도록 해요.

# 1) 이렇게 출제된다!

## [유형 1] 빈칸 추론 (빈칸이 앞에 위치한 경우)

> ### 1. 다음 빈칸에 들어갈 말로 가장 적절한 것을 고르면?
>
>    Creative thinking has the power to make many _____ changes to the environment. By giving old products more value, we can lessen the amount of waste in a way that is even more eco-friendly than recycling. So what would you say to Jamie now as he decides what to do with his cans? Perhaps he could upcycle them to make lanterns, toys, or sculptures for his friends and family. The options are endless, and all he needs is a little creativity to think of them. In the same way, stop and think before you throw something out. Who knows? Maybe you can turn that trash into treasure.
>
> ① expected
> ② useful
> ③ imitative
> ④ negative
> ⑤ unpleasant

〈출처〉 2015 개정 능률(김) 영어 / 2018년 고1 1학기 중간 _ 정답 ②

빈칸 추론 문제를 풀 때, 빈칸이 포함된 문장을 먼저 읽어 보세요.

> ■Creative thinking has the power to make many _____ changes to the environment.
> 　창의적인 생각은 환경에 많은 _____한 변화를 만들 힘이 있다.

　선택지가 길지 않으면 빈칸에 선택지를 하나씩 넣어 보는 것도 좋아요. 위 문장에서 창의적인 생각은 환경에 어떤 변화를 만든다는 것일까요? '어떤' 변화인지 그것에 초점을 두고 지문을 읽어 보세요. 빈칸이 글의 앞쪽에 있으니 빈칸 문장 다음에 제시되는 문장들에서 힌트를 찾아야겠죠? 빈칸 다음 문장을 보니 '오래된 물건에 더 많은 가치를 부여함으로써, 재활용보다 더 친환경적인 방식으로 쓰레기의

양을 줄일 수 있다'는 이야기가 나오네요. 이런 변화는 환경에 유용한(useful) 변화겠죠?

　사실 교과서 본문에서는 빈칸에 'positive(긍정적인)'라는 단어가 있었어요. 위 문제의 선택지에는 positive라는 단어가 없죠? 내신 시험에서는 빈칸에 들어갈 표현을 비슷한 의미의 다른 단어로 바꾸어 물어보는 경우가 많아요. 여러분이 공부한 표현이 없다고 당황할 필요는 없어요. 비슷한 뜻이나 뉘앙스를 가진 단어를 고르면 되니까요.

　그런데 단어 실력이 부족한 학생들의 경우에 빈칸에 어떤 의미가 들어가야 하는지 알고 있어도 선택지에서 그 단어를 찾지 못해서 틀리는 경우가 많아요. 그래서 본문의 핵심 단어들은 유의어까지 같이 외워두는 게 좋아요.

본문에서 보았던 단어가 선택지에 없으면 그 단어와 비슷한 의미나 뉘앙스를 가진 단어를 대신 찾아보세요!

## [유형 2] 빈칸 추론 (빈칸이 뒤에 위치한 경우)

### 9. 다음 빈칸에 들어갈 말로 가장 적절한 것은?

Mammals tend to be less colorful than other animal groups, but zebras are strikingly dressed in blackandwhite. What purpose do such high contrast patterns serve? The colors' roles aren't always obvious. The question of what zebras can gain from having stripes has puzzled scientists for more than a century. To try to solve this mystery, wildlife biologist Tim Caro spent more than a decade studying zebras in Tanzania. He ruled out theory after theory — stripes don't keep them cool, stripes don't confuse predators — before finding an answer. In 2013, he set up fly traps covered in zebra skin and, for comparison, others covered in antelope skin. He saw that flies seemed to avoid landing on the stripes. After more research, he concluded that stripes can save zebras from _____.

① natural death
② their predators
③ hunting wild animals
④ the extinction of species
⑤ infection-carrying insects

〈출처〉 부산광역시교육청 2018년 6월 고1 모의고사 / 2019년 고1 1학기 기말 _ 정답 ⑤

이번에는 모의고사 지문에서 출제된 빈칸 추론 문제예요. '얼룩말의 줄무늬가 하는 역할'에 관한 글이죠. 원래 모의고사에서는 제목 추론 유형으로 출제됐지만, 내신에서는 빈칸 추론 유형으로 변형됐어요. 모의고사 지문 중에 비교적 주제가 뚜렷하게 드러나는 주장, 요지, 주제, 제목 추론 등의 대의 파악 유형 지문이 내신 시험에서 빈칸 추론 유형으로 변형될 확률이 높아요.

앞에서 빈칸 추론 문제는 어디서부터 접근하라고 했죠? 맞아요! 빈칸이 포함된 문장과 선택지를 먼저 읽어 보세요.

> ■ After more research, he concluded that stripes can save zebras from _____
> _____.
> 많은 연구 후에, 그는 줄무늬가 얼룩말을 _____ 로부터 구해준다는 결론
> 을 내렸다.

얼룩말의 줄무늬가 얼룩말을 '무엇'으로부터 구해주는 걸까요? 선택지를 하나씩 넣어보세요. '① 자연사, ② 포식자, ③ 야생 동물을 사냥하는 것, ④ 종의 멸종, ⑤ 감염을 옮기는 해충들' 모두 그럴듯해서 특별히 오답 후보로 제외할만한 것이 없어 보이네요. 그러면 본문을 읽으면서 단서를 찾아볼까요?

범인은 항상 현장 주변에 있다는 것을 기억하세요. 빈칸 앞 문장을 보세요. 'He saw that flies seemed to avoid landing on the stripes (그는 파리가 줄무늬 위에 앉는 것을 피하는 것처럼 보인다는 것을 알게 되었다)'라는 문장이 빈칸의 결정적 단서가 돼요. 앞부분을 조금 더 읽어보면, '얼룩말 가죽'으로 덮인 파리잡이 덫과 '영양 가죽'으로 덮인 파리잡이 덫을 설치하여 비교해 보니, 파리들이 줄무늬가 있는 얼룩말 가죽을 피하더라는 거죠. 따라서 글의 내용을 종합하여 빈칸에 들어가기 가장 적절한 것을 추론해 보면 얼룩말의 줄무늬가 '감염을 옮기는 해충들 (infection-carrying insects)'로부터 얼룩말을 보호한다고 하는 ⑤번이 답이 되겠죠?

빈칸 추론 문제는 빈칸 문장과 선택지를 먼저 읽으세요!

## 2) 이렇게 공부하자!

### (1) 글의 주제를 알아야 빈칸의 답이 보인다.

빈칸이 위치하는 곳은 '주제문, 주제문을 다시 진술하는 문장, 주제를 통해 유추 가능한 세부 내용' 크게 세 군데입니다. 다시 말해, 빈칸이 어디에 위치하든 일단 주제와 밀접한 관련이 있어요. 그래서 평소 공부할 때 '글의 주제'가 무엇인지 반드시 정리하고 주제 문장에는 꼭 형광펜으로 표시를 해 두세요.

> **Q. 빈칸이 오는 위치에 따라 풀이 방법이 다른가요?**
> 빈칸이 글의 앞이나 뒷부분에 나오는 경우 주제문인 경우가 많아요. 특히 영어 지문은 주제가 앞쪽에 제시되는 두괄식 구조가 많아서 빈칸이 앞쪽에 있으면 주제를 물어보는 것일 확률이 높아요. 빈칸 문장 다음에 오는 문장들은 뒷받침하는 구체적인 내용이죠. 이 내용을 근거로 삼아 빈칸에 알맞은 말을 판단해야 해요.
> 빈칸이 뒷부분에 있는 경우도 글 전체의 내용을 정리하는 주제문이 위치하는 경우가 많아요. 특히 주제가 글의 앞과 뒤에 등장하는 양괄식 구조의 글의 경우에 글 앞에 왔던 주제가 표현을 달리하여 마지막에 다시 나오기도 해요.
> 빈칸이 중간에 오는 경우는 주제를 뒷받침하거나 주제를 바탕으로 추론을 요구하는 세부 내용인 경우가 많아요. 빈칸이 포함된 문장과 그 앞뒤 문장을 주의 깊게 읽고 답을 추론해야 해요. 글은 결국 하나의 주제를 갖기 때문에 주제를 뒷받침해주는 구체 진술을 찾는다고 생각하면 돼요.

### (2) 'paraphrasing' 기법을 이해하자.

교과서나 모의고사 지문에 있던 내용이 선택지에 그대로 나오면 생각보다 쉽게 답을 찾을 수 있어요. 그래서 선생님들은 난도를 높이기 위해 원래 빈칸 내용과 비슷하지만 다른 표현으로 선택지를 만드는 경우가 많아요.

'paraphrasing'하는 방법은 여러 가지가 있어요. 가장 많이 쓰는 방식은 유의어나 반의어를 사용하는 거죠. 다음 문장을 보면 'more than half' 대신 유의어인 'the majority'로, 'pass' 대신 반의어인 'fail'로 바꾸어서 비슷한 의미로 표현했어요.

**More than half** of the students **did not pass** the exam.
(절반이 넘는 학생들이 그 시험에 통과하지 못했다.)

⇒ **The majority** of the students **failed** the exam.
   (대다수의 학생이 그 시험에 낙제했다.)

이 외에도 문장의 구조를 바꿔서 비슷한 의미를 나타낼 수도 있어요. 다음 문장을 보면 능동태 문장을 수동태 문장으로 바꿔서 표현했죠? 이렇게 문장 구조를 바꾸어서 비슷한 의미의 문장을 만들기도 해요.

Every year, thousands of tourists **visit** Eiffel Tower.
(매년, 수천 명의 관광객이 에펠탑을 방문한다.)

⇒ Eiffel Tower **is visited by** thousands of tourists every year.
   (에펠탑은 매년 수천 명의 관광객에 의해 방문된다.)

## 3) 시험 당일, 이렇게 풀어보자!

### (1) 빈칸이 들어간 문장을 먼저 읽어 보자.

빈칸이 포함된 문장을 먼저 읽어 보세요. 그러고 나서 그 내용을 바탕으로 적절한 선택지를 골라보세요. 바로 답을 선택하기 어렵다 해도 대략적인 글의 소재 및 주제를 추측해 볼 수 있어요. 답의 근거를 찾을 때 문제의 지문을 처음부터 읽으면 더 효율적으로 찾을 수 있어요.

### (2) 글 안에서 빈칸에 대한 실마리를 찾자.

빈칸에 들어갈 내용을 추론할 수 있는 분명한 실마리나 근거가 글 안에 있어요. 아무 곳이나 빈칸으로 만들지는 않아요. 자신이 고른 답의 근거가 지문 안에 있는지 꼭 확인하세요. 실마리를 찾기 어려우면, 빈칸이 글의 앞부분에 나오면 바로 다음 문장을, 빈칸이 중간에 나오면 앞뒤 문장을, 빈칸이 뒷부분에 나오면 그 앞 문장을 다시 한 번 읽어 보세요.

### (3) 다른 표현으로 바뀐 것에 당황하지 말자.

원래 본문에 없었던 표현으로 바뀌어 선택지가 나와도 당황하지 마세요. 같은 말을 다르게 표현했을 뿐이에요. 글의 주제와 구조를 생각하며 읽어 보고, 자신이 공부했던 문장과 가장 비슷한 내용을 전달하는 표현을 찾아보세요.

# 빈칸 추론 핵심 정리

## 특징

1. 글의 main idea를 파악하는 것
2. 빈칸에 알맞은 단어, 구, 절을 추론하는 것
3. 빈칸에 들어갈 내용은 글의 핵심어 또는 주제문

## 유형

1. 빈칸의 위치가 앞에 오는 경우
2. 빈칸의 위치가 중간에 오는 경우
3. 빈칸의 위치가 끝에 오는 경우

## 풀이 전략

1. 빈칸 문장부터 먼저 읽어라.
2. 빈칸의 위치에 주목하라.
3. 빈칸 뒤에 오는 환언 어구를 살펴라.
4. 문장 간의 논리적 관계를 파악하라.
5. 지문을 정확하게 해석하고 완벽하게 이해하라.

# 6.
# 문법성 판단 문제,
## 어떻게 대비해야 하나요?

이 유형은 문법 지식을 확인하는 문제로 학교 시험에서 많이 출제되고 있어요. 그런데 단순히 문법 지식이라기보다 문맥과 문장 구조를 고려해서 어법의 정확성을 판단해야 해요. 이 유형에 잘 대비하려면 시험에서 자주 나오는 기본적인 문법 지식을 잘 정리해 두어야 해요. 자주 출제되는 항목은 '주어와 동사의 수일치', '관계대명사', '분사' 등 여러분이 평소에 많이 공부하는 것들이에요.

문법성 판단 유형은 크게 두 가지가 있어요. 각 보기에 있는 두 개 중에서 어법상 옳은 것을 고르는 선택형 유형과 밑줄 친 부분에서 어법상 틀린 표현을 찾아내는 밑줄 친 유형이 있지요.

## 발문 예시

둘 중 어법상 옳은 것을 선택하는 유형
- (A), (B), (C)의 각 괄호 안에서 어법에 맞는 표현으로 가장 적절한 것은?

밑줄 친 부분 중 어법상 옳거나 틀린 것을 선택하는 유형
- 밑줄 친 부분 중 어법상 틀린 것은?

수능에서는 선택형과 밑줄 친 유형 중 한 문제가 매년 출제되고 있어요. 그런데 학교 시험에서는 밑줄 친 유형과 선택형 가리지 않고 보통 3~4문제 이상씩 나오는 경우가 많아요. 그리고 이 유형으로 상위권의 변별력을 확보하기도 해요.

문법이라는 말만 들어도 몸서리치는 학생들은 어법 문제가 항상 두려운 대상이겠지만, 내신 1등급을 받기 위해서는 꼭 정복해야 하는 유형이에요! 그럼 어법 유형을 공략하러 출발해 볼까요?

# 1) 이렇게 출제된다!

## [유형 1] 문법성 판단 (둘 중 어법상 옳은 것)

> **1. (A), (B), (C)의 각 괄호 안에서 어법에 맞는 표현으로 가장 적절한 것은?**
>
> Every day during lunch, Jamie enjoys a soft drink and (A) have / has a decision to make: What should he do with the empty can? Many people would answer, "Recycle it!" Obviously, recycling is good for many reasons. We can reduce the amount of trash (B) throwing / thrown away, use less energy than we would to make new products, and conserve natural resources by recycling. However, recycling is not a perfect way to manage waste. It still requires a lot of energy to purify used resources and convert them into new products. So, what about trying to (C) creatively / creative reuse, or "upcycle," them instead? This new approach is becoming more popular since it is even more environmentally friendly than recycling. What's more, it can also be fun!
>
> |   | (A) | (B) | (C) |
> |---|---|---|---|
> | ① | have | throwing | creative |
> | ② | have | thrown | creatively |
> | ③ | has | thrown | creatively |
> | ④ | has | throwing | creatively |
> | ⑤ | has | throwing | creative |

〈출처〉 2015 개정 능률(김) 영어 / 2018년 고1 1학기 중간 _ 정답 ③

이 선택형 어법 문제는 밑줄 친 유형보다 조금 쉽게 느껴질 수 있어요. 왜냐하면, 주어진 두 개의 보기를 통해서 어떤 문법 지식을 물어보는지 추측할 수 있거든요.

일단 (A)부터 볼까요? 동사 have와 has 중에 고르라고 했네요. 이렇게 동사에 밑줄이 있으면 가장 많이 물어보는 문법이 '주어와 동사의 수 일치'예요. 문장의 주어가 3 인칭 단수 'Jamie'이므로 어울리는 동사는 'has'가 되는 것이죠.

(B)는 현재분사(throwing)와 과거분사(thrown)를 구분하는 것이네요. 보통 현재분사와 과거분사를 물어볼 때는 수식해주는 단어와의 관계가 능동인지 수동인지 따

져보면 돼요. 지금 수식을 받는 단어가 'trash(쓰레기)'예요. '쓰레기'는 '버려지는' 대상이니까 수동의 의미를 표현하는 과거분사 'thrown'을 써야 '버려지는 쓰레기' 라는 의미가 되겠죠?

마지막으로 (C)는 형용사(creative)와 부사(creatively)의 쓰임을 물어보고 있어요. 형용사와 부사를 구별할 때는 수식해주는 단어가 무엇인지 살펴봐야 해요. 형용사는 '명사'를 수식해주고, 부사는 '동사, 형용사, 다른 부사'를 수식해 주거든요. 여기서는 동사 'reuse(재사용하다)'를 수식하고 있으니까 부사 'creatively(창의적으로)' 가 오는 게 적절해요.

이렇게, 선택형 어법은 주어진 선택지를 통해서 조금 더 쉽게 어법을 파악할 수 있어요. 이번에는 조금 더 어려운 '밑줄 친 유형'을 살펴볼까요?

## [유형 2] 문법성 판단 (밑줄 친 부분 중 어법상 옳거나 틀린 것)

> ### 1. 밑줄 친 부분 중, 어법상 <u>틀린</u> 것은?
>
> As I look back on this trip, I find it ① <u>amazing</u> that so many different people came together to build a house for a family they had never met. For many of us, it was the first time ② <u>when</u> we'd ever built a house. The work was hard, but I hardly saw anyone stop smiling or heard one even ③ <u>to complain</u>. I really thankful for the friendships ④ <u>that</u> I've made through this trip. In addition, I learned so much from the other volunteers, the community members, and this family. I thought I was there to give, but I received so much more in return. This experience has inspired me ⑤ <u>to continue</u> building houses for others. I hope it will also encourage my friends and family to help out in the future.

〈출처〉 2015 개정 능률(김) 영어 / 2018년 고1 1학기 기말 _ 정답 ③

밑줄 친 어법 유형의 경우, 가장 먼저 해야 할 일은 밑줄 친 부분이 문장 안에서 어떤 요소로 쓰였는지 문장 구조를 분석하는 거예요. 그런 다음, 해당 문법 지식을 떠올리면서 밑줄 친 부분이 제대로 쓰였는지 확인하는 거지요. 무슨 말인지 모르겠다고요? 예를 한번 들어 볼게요.

선택지 ②번 'when'이 문장에서 어떤 요소로 쓰였는지 생각해 보세요. 참고로 'when'은 의문사나 관계부사로 쓰일 수 있어요. 앞에 있는 'the first time'이라는 말을 수식해주고 있는 것으로 봐서, 이 문장에서는 관계부사로 쓰였다는 것을 알 수 있어요.

밑줄의 정체가 파악되었다면, 이제 관계부사에 대해 여러분이 알고 있는 문법 지식을 총동원하는 거예요. 일단, 관계부사 when 앞에는 시간과 관련된 선행사가 오고, 뒤에는 완전한 절이 와야 해요. 문장을 살펴보니 이 두 가지 조건을 모두 충족하고 있네요. 그럼 이건 옳게 쓰인 거예요. 나머지 부분도 연습해 볼까요?

| 밑줄 부분 | 정체 파악하기 | 문법 지식 적용하기 |
|---|---|---|
| ① amazing | 5형식 동사 'find'의 목적격 보어 | 목적격 보어 자리에는 형용사가 올 수 있고, 의미상 '이번 여행'이 놀라웠으므로 amazing이 맞게 쓰였네요. |
| ③ to complain | 지각 동사 'hear'의 목적격 보어 | 지각 동사 'hear'의 목적격 보어로 올 수 있는 것은 동사원형, 현재분사, 과거분사인데 'to 부정사'가 왔으니 이게 틀렸네요. |
| ④ that | 목적격 관계대명사 | 선행사 'the friendships'를 수식하고, 뒤에는 목적어가 없는 불완전한 문장이 왔으니 목적격 관계대명사로 잘 쓰였네요. |
| ⑤ to continue | 동사 'inspire'의 목적격 보어 | 5형식 동사 inspire는 목적격 보어로 to 부정사가 오니까 맞게 쓰였네요. |

이렇게 밑줄 친 부분이 전체 문장에서 어떤 역할을 하는지 파악한 후에, 이 역할을 잘 수행하고 있는지 문법 지식을 이용해서 따져 보세요. 물론 이것을 잘 해내려면 여러분 머릿속에 문법 지식이 잘 갖추어져 있어야 해요.

## 2) 이렇게 공부하자!

### (1) 교과서 단원의 목표 문법은 반드시 이해하자.

영어 교과서는 각 단원에서 꼭 알아야 하는 목표 문법이 나와요. 각 단원이 시작되는 맨 첫 페이지에 목표 문법이 제시되어 있는데, 보통 2개의 문법 사항이 나오지요. 그리고 문법에 대한 설명과 연습문제가 단원 뒷부분에 나와요. 대충 보고 넘기는 학생들이 많지만, 실제로 이 부분에서 문법 문제가 많이 출제돼요. 특히 본문에서 목표 문법이 사용된 문장은 출제 영순위이니 꼭 공부해 두세요. 학교 선생님이 따로 설명하고 강조한 문법 포인트가 있다면, 그 부분도 반드시 정리해 두세요. 혹시 옆 반은 다른 영어 선생님이 수업을 한다면 옆 반 친구의 필기를 참고하는 것도 도움이 되겠죠?

## (2) 시험에 자주 나오는 문법부터 정리하자!

문법 문제를 대비하기 위해서는 당연히 문법 공부를 해야 하는데, 막상 두꺼운 문법책을 보면 한숨부터 나오고 뭐부터 공부해야 할지 모르겠다는 학생들이 많아요. 문법책을 한 번 공부하면 좋지만, 시간이 촉박하다면 빈출 문법 위주로 공부하는 게 효율적이겠죠. 시험에 자주 나오는 핵심 어법을 정리해 두었으니 여러 번 보면서 개념을 익혀두세요.

## (3) 문장 구조를 분석하는 연습을 하자.

문법 문제를 풀 때 대충 해석만 해보고 답을 고르는 학생들은 오답을 선택할 확률이 높아요. 문장 구조까지 분석하면 정답을 맞힐 확률이 높아져요! 물어보는 부분이 문장 안에서 주어인지, 동사인지, 목적어인지, 관계대명사인지 그 정체를 파악해 보세요. 이렇게 정체를 파악한 다음에 그것과 관련된 문법 지식을 떠올려 보는 거지요. 밑줄 친 부분은 틀림없이 문법 요소를 포함하고 있다는 것을 명심하고, 출제자가 어떤 문법 지식을 요구하는지 빨리 파악하는 연습이 필요해요.

Q. 어떻게 하면 문장 구조를 효과적으로 할 수 있을까요?
문장의 술어 동사(본동사)를 찾는 연습을 해보세요. 동사를 찾으면 문장 구조 분석이라는 큰 산을 하나 넘은 거예요. 동사에는 많은 정보가 담겨 있지요. 동사에 따라 다양한 문장 구조가 올 수 있어요. 그리고 동사를 찾으면 주어도 어디까지인지 눈에 들어오면서 문장의 의미가 보이기 시작해요. 또, 영어는 뒤에서 수식해주는 구조가 많아요. 관계대명사나 관계부사가 나오면 선행사가 무엇인지 어디까지 관계절인지 표시해 두는 게 좋아요.

## 3) 시험 당일, 이렇게 풀어보자!

밑줄 친 부분이 어떤 문법 항목에 관한 것인지 빠르게 파악할 수 있는 몇 가지 방법을 알려줄게요. 잘 기억하고 있으면 어법 문제에서 빠르고 정확하게 출제자의 의도를 파악할 수 있어요.

• 동사에 밑줄 또는 네모가 있으면 주어와 동사의 수 일치를 묻는 문제!

주어가 긴 경우에 동사 바로 앞의 명사는 주어가 아니니 속지 마세요. 문장 시작 부분의 명사에 수를 일치시키세요.

• and 다음에 동사나 준동사(to 부정사, 동명사)에 밑줄 또는 네모가 있으면 병렬구조를 묻는 문제!

동사가 여러 개 나오거나 문장이 긴 경우, 어떤 동사끼리 병렬구조인지 헷갈릴 수 있어요. 해석을 정확히 해서 문맥을 통해 파악해야 해요.

• that에 밑줄 또는 네모가 있으면 접속사인지 관계대명사인지 묻는 문제!

that은 팔방미인이에요. 접속사로도 쓰이고 관계사로도 쓰이죠. 접속사로 쓰이면 뒤에 완전한 절이 오고, 관계대명사로 쓰이면 불완전한 절이 와요. 그런데 불완전한 절이 왔는데 선행사가 없다면 that이 아닌 관계대명사 what을 써야 해요.

• 형용사나 부사에 밑줄 또는 네모가 있으면 앞이나 뒤에 수식을 받는 대상이 명사인지 동사인지 확인하자!

형용사는 명사를 수식하고, 부사는 동사, 형용사, 다른 부사 그리고 문장 전체를 수식해요. 수식하는 것의 품사가 무엇인지 확인해 보세요.

■ 형용사 + 명사

■ 부사 + 동사 / 분사 / to 부정사 / 동명사 / 형용사 / 다른 부사

# Tip. 시험에 자주 나오는 핵심 어법

## 1. 주어와 동사의 수 일치
① 수식어구가 있는 경우 수식을 받는 핵심 명사에 동사의 수를 일치시킨다.
② 동명사구, to 부정사구, 명사절 주어는 단수형 동사를 쓴다.
③ 주격 관계대명사가 이끄는 절의 동사는 선행사의 수에 일치시킨다.
④ 부분을 나타내는 표현은 of 뒤에 나오는 명사의 수에 동사를 일치시킨다. (부분 표현: all, most, some, half, part, percent, the rest, the majority, 분수 등)
⑤ 주어와 동사가 도치된 경우, 동사 뒤에 오는 명사에 수를 일치시킨다.

## 2. 수동태
① 수동태의 기본 형태는 : be + 과거분사(p.p.)
  • 진행시제와 결합하면: be + being + p.p.
  • 완료시제와 결합하면: have/had + been + p.p.
② 준동사(to 부정사, 동명사)도 태가 있다. 의미상 주어가 행위의 주체가 아니라 대상이면 수동으로 표현한다.

| 태 | 능동태 | 수동태 |
| --- | --- | --- |
| to 부정사 | to + 동사원형 | to be p.p. |
| 동명사 | v-ing | being p.p. |

③ 수동태로 쓰이지 않는 동사들
  • 자동사: occur, consist of, (dis)appear, remain, last 등
  • 상태 동사: have, lack, resemble, cost 등

## 3. 관계사(관계대명사, 관계부사, 복합관계사)
① 관계대명사 vs. 관계부사
  • 관계대명사 + 불완전한 문장
  • 관계부사 + 완전한 문장
② 관계대명사 what : 선행사를 포함하고 있고 불완전한 문장이 온다.
  • what + 불완전한 문장
③ 전치사 + 관계대명사 : 선행사가 관계절에서 전치사의 목적어일 때, 그 전치사는 관계대명사 앞에 위치할 수 있다.
④ 관계사의 계속적 용법[comma(,) + 관계대명사] : 선행사에 대한 부가 설명을 덧붙인다.
⑤ 복합관계사
  • 복합관계대명사 : whoever, whatever, whichever
  • 복합관계부사 : whenever, wherever, however
  • 복합관계형용사 : whatever, whichever + 명사

### 4. 분사 / 분사 구문

**분사가 수식하거나 보충하는 대상과의 관계에 따라 형태의 적절성을 판단해야 함!**

① 현재분사(v-ing) vs. 과거분사(p.p.) : 수식을 받는 명사가 동작의 행위자(능동 관계)이면 현재분사, 동작의 대상(수동 관계)이면 과거분사를 쓴다.

   • 명사 + 분사(현재분사 / 과거분사)

② 주격 보어나 목적격 보어로 쓰이는 경우 : 주어나 목적어가 분사가 나타내는 동작의 행위자면 현재분사, 대상이면 과거분사를 쓴다.

③ 분사 구문 : 의미상 주어(주절의 주어)가 분사가 나타내는 동작의 행위자면 현재분사, 대상이면 과거분사를 쓴다.

④ with + 명사(구) + 분사 : with의 목적어(명사 / 명사구)가 동작의 행위자이면 현재분사, 대상이면 과거분사를 쓴다.

### 5. 형용사 vs. 부사

① 형용사 vs. 부사

   • 형용사 : 명사 수식

   • 부사 : 동사 / 분사 / to 부정사 / 동명사 / 형용사 / 다른 부사 수식

② 주의해야 할 형용사 / 부사

   • few / a few + 복수 명사

   • little / a little + 셀 수 없는 명사

   • so + 형용사 / 부사

   • such + 명사(구)

③ 비교급 강조 부사 : much, a lot, even, far, still

   형용사나 부사의 비교급 앞에 위치하여 '훨씬'이라는 의미를 더해 준다.

### 6. to 부정사 / 동명사

to 부정사 vs. 동명사 : 동사에 따라 to 부정사 또는 동명사만을 목적어로 취한다. 둘 다 취하는 동사도 있지만 의미가 달라진다.

① to 부정사를 목적어로 취하는 동사: want, hope, decide, expect 등

② 동명사를 목적어로 취하는 동사: avoid, enjoy, finish, mind, deny 등

③ 둘 다 목적어로 취하는 동사: continue, begin, love, like, hate 등

④ 둘 다 목적어로 취하지만 의미가 달라지는 동사: remember(동명사: 과거에 한 일을 기억하다/ to 부정사: 앞으로 할 일을 기억하다), forget(동명사: 과거에 한 일을 잊다/ to 부정사: 앞으로 할 일을 잊다)

## 7. 병렬 구조 / 도치 구문 / 강조 구문

① 병렬 구조 : 등위 접속사와 상관 접속사가 연결하는 어구는 문법적 기능이 동일해야 한다.
- 등위 접속사 : and, but, or
- 상관 접속사 : not A but B

    both A and B

    either A or B

    neither A nor B

    not only A but (also) B (= B as well as A)

② 도치 구문 : 부정 부사나 only가 문장 맨 앞에 오면 '동사 + 주어'로 도치된다.
- 부정 부사 : not only, little, rarely, hardly 등

③ 강조 구문(it ~ that...): 강조하고자 하는 어구가 it과 that 사이에 들어가며 '...인 것은 바로 ~이다'라는 의미를 나타낸다.

## 8. 접속사 / 의문사

① 접속사 that vs. 관계대명사 that
- 접속사 뒤에는 완전한 문장
- 관계대명사 뒤에는 불완전한 문장

② 의문사가 명사절을 이끄는 경우
- 어순 : 의문사 + 주어 + 동사

③ 접속사 vs. 전치사 : 접속사 다음에는 '주어 + 동사'가 있는 절이 오고, 전치사 다음에는 명사가 온다.

# 7.
# 글의 순서 문제,
## 어떻게 대비해야 하나요?

이 유형은 영어 실력뿐만 아니라 국어 실력도 필요해요. 글의 흐름이 어디에서 끊기는지, 어떻게 글을 구성하는 것이 자연스러운지 파악할 수 있어야 하거든요. 평소에 지문을 읽을 때 정보가 어떻게 조직화되는지 생각하며 읽어보세요. 또한, 글의 내용이 어떻게 전개되는지 적어보는 것도 좋아요. 두 가지 훈련 모두 글의 구조를 파악하는 데 도움이 된답니다.

이 문제 유형은 글의 통일성과 논리성을 파악하고 적용할 수 있는지 알아보고자 하는 것이에요. 영어 실력뿐만 아니라 국어 실력도 필요하지요. 주어진 문장을 적절한 위치에 넣거나, 어색한 문장을 빼거나, 글을 순서대로 배열하는 문제가 이 유형에 속해요. 수업 시간에 선생님이 직접 글의 논리적 전개에 대해 언급하지 않았더라도 출제될 수 있어요. 그래서 평상시 글의 전개 방식에 대해 자기만의 방법으로 정리해 두는 것이 필요해요.

## 발문 예시

### 주어진 문장을 넣는 유형

- 글의 흐름으로 보아 주어진 문장이 들어가기에 가장 적절한 곳을 고르시오.

### 순서를 배열하는 유형

- 주어진 글 다음에 이어질 글의 순서로 가장 적절한 것은?

### 어색한 문장을 찾는 유형

- 다음 글에서 전체 흐름과 관계 없는 문장은?

# 1) 이렇게 출제된다!

## [유형 1] 주어진 문장 삽입

> **15. 글의 흐름으로 보아, 주어진 문장이 들어가기에 가장 적절한 곳을 고르시오.**
> (2.1점)
>
> ---
>
> The solution was to move the arrival gates away from the baggage claim so it took passengers about seven minutes to walk there.
>
> ---
>
> Houston Airport executives faced plenty of complaints regarding baggage claim time, so they increased the number of baggage handlers. Although it reduced the average wait time to eight minutes, complaints didn't stop. ( ① ) It took about a minute to get from the arrival gate to baggage claim, so the passengers stood seven more minutes while waiting for their bags. ( ② ) It resulted in complaints reducing to almost zero. ( ③ ) Research shows occupied time feels shorter than unoccupied time. ( ④ ) People usually exaggerate about the time they waited, and what they find most bothersome is time spent unoccupied. ( ⑤ ) Thus, occupying the passengers' time by making them walk longer gave them the idea they didn't have to wait as long.

〈출처〉 인천광역시교육청 2017년 고1 9월 모의고사 / 2017년 1학년 2학기 중간 _ 정답 ③

게임을 할 때 나에게 어떤 아이템이 있고 어떤 기능이 있는지 잘 아는 것이 중요하죠? 문제를 풀 때도 나에게 주어진 것이 있으면 그것을 잘 살피는 것이 중요해요. 이 문제의 경우에는 '문장'이 주어졌어요. 주어진 문장을 잘 살펴보면 지문의 소재가 무엇인지, 또한 주어진 문장 앞과 뒤에는 어떤 내용이 오는 것이 적절할지 예측할 수 있어요.

이제, 주어진 문장을 살펴볼까요?

> **The solution** was to move the arrival gates away from the baggage claim so it took passengers about seven minutes to walk there.

주어진 문장에서 해결 방법이 제시되어 있네요. 따라서 앞에는 '문제의 상황'에 관한 문장이, 뒤에는 '해결된 상황'에 관한 문장이 나오면 되겠어요.

> Although it reduced the average wait time to eight minutes, **complaints didn't stop.** ( ② ) It took about a minute to get from the arrival gate to baggage claim, so the passengers **stood seven more minutes** while waiting for their bags. ( ③ ) It resulted in **complaints reducing to almost zero.**

② 앞에 위치한 문장에서는 불만이 있었는데, ③ 뒤에 위치한 문장에서는 불만이 거의 없어졌네요. 그러니 ③ 뒷부분은 '해결된 상황'이겠네요. 그렇다면 ②와 ③ 사이에 위치한 문장이 '문제의 상황'인지 '해결된 상황'인지 알아보도록 해요. ②와 ③ 사이에 위치한 문장에서 '7분 동안 서 있었다'는 내용이 나오는데, 이것은 '해결된 상황'이 아니라 '문제의 상황'에 해당하지요. 따라서 주어진 문장이 들어갈 위치로 알맞은 곳은 ③이에요. 이와 같이 주어진 문장에 있는 힌트와 문맥을 바탕으로 문장이 들어갈 위치를 찾을 수 있어요.

**12. 주어진 문장 다음에 이어질 글의 순서로 가장 적절한 것은?**

Eureka moments often occur when a person feels stuck.

(A) Moreover, the cells of the prefrontal cortex are so flexible that they can process whatever kind of data they're told to do. When our attention shifts, these cells change their focus, too. The result is that the prefrontal cortex lets us consciously analyze any type of problem from any angle. Instead of responding to our emotions, we can concentrate on things that might help us come up with a solution. This helps us get creative and think about the problem in a new way.

(B) How can we control our emotions? The answer is surprisingly simple: by thinking about them. Our brain has a network of rational parts centered in the prefrontal cortex. It allows us to think carefully. We can try to figure out what we feel and why we feel that way.

(C) Feeling stuck simply means that the degree of difficulty of a problem is beyond being solved. But the solutions to difficult situations can come to us when we control our emotions.

① (A)-(C)-(B)  ② (B)-(A)-(C)
③ (B)-(C)-(A)  ④ (C)-(A)-(B)
⑤ (C)-(B)-(A)

〈출처〉 2009 개정 능률(이) 영어 I / 2017년 고1 2학기 중간 _ 정답 ⑤

글 (A), (B), (C)를 잘 살펴보면 힌트가 있어요. 그것을 바탕으로 답을 찾으면 돼요. 자, 그럼 내용을 살펴볼까요? 처음에 주어진 문장을 보면 '유레카 순간은 꼼짝할 수 없을 때 발생한다'는 내용이 나오네요.

그런데 (C)를 보니, 주어진 문장에서 언급하고 있는 'feeling stuck'에 대한 설명이 나오고 있어요. 글의 다른 부분에서는 이에 대해 언급하지 않았어요.

(C) Feeling stuck simply means ...... But the solutions to difficult situations can come to us when we control our emotions.

그러므로 주어진 문장 다음에 (C)가 오는 것이 자연스럽겠어요. (C)의 뒷부분에서 '감정을 조절할 때 해결 방법이 나올 수 있다'고 했으니, 감정을 조절할 수 있는 구체적인 방법이 이어져야 논리적이겠지요.

> (B) How can we control our emotions? The ...... a network of rational parts centered in the prefrontal cortex. It allows us ......

(B)에서는 감정을 조절하는 전전두엽이 하는 일에 대해 언급하고 있으니, (C) 다음에 (B)가 오는 것이 자연스럽겠어요. (B)의 뒷부분에서는 전전두엽에 대한 정보를 주고 있네요. (A)에서도 전전두엽에 대한 정보를 주고 있어요. 그런데 이것이 추가 정보임을 연결어 'Moreover'를 통해 알 수 있어요. 그러니, (B) 다음에 (A)가 오는 것이 적절하겠네요.

> (A) Moreover, the cells of the prefrontal cortex are so flexible ...... The result is that the prefrontal cortex lets us ...... helps us get creative and think about the problem ......

글(A)는 전전두엽이 작동한 결과 우리가 문제에 대해 새로운 해결책을 찾을 수 있다며 글을 끝마치고 있어요.

어때요? 주어진 글에서 힌트를 표시하면서 연결해 보니 어렵지 않죠?

## [유형 3] 어색한 문장 찾기

### 20. 다음 글에서 전체 흐름과 관계 <u>없는</u> 문장은?

Study the lives of the great people who have made an impact on the world, and you will find that in virtually every case, they spent a considerable amount of time alone thinking. Every political leader who had an impact on history practiced the discipline of being alone to think and plan. ① Great artists spend countless hours in their studios or with their instruments not just doing, but exploring their ideas and experiences. ② Studying history can make you more knowledgeable or interesting to talk or can lead to all sorts of brilliant vocations, explorations, and careers. ③ Time alone allows people to sort through their experiences, put them into perspective, and plan for the future. ④ I strongly encourage you to find a place to think and to discipline yourself to pause and use it because it has the potential to change your life. ⑤ It can help you to figure out what's really important and what isn't.

〈출처〉 인천광역시교육청 2017년 9월 고1 모의고사 / 2017년 고1 2학기 중간 _ 정답 ②

이 문제는 원래 요지를 묻는 모의고사 문제를 변형한 것으로, 글의 흐름을 방해하는 문장을 찾아내는 것이네요. 흐름을 방해하는 문장이라고 해도 글의 중심 소재를 언급하거나, 글에서 사용한 어휘를 사용하므로 얼핏 보면 그럴듯해 보일 수 있어요. 그런 함정을 잘 피해야 해요.

글의 요지가 '자신의 성장을 위해 혼자 생각하는 시간을 가질 필요가 있다'라는 것을 알아냈나요? 그러면 ②번 문장에서 '역사 공부가 지식을 쌓는 데 도움이 된다'는 말은 전체 흐름과 관계 없다는 것을 알 수 있어요. 다른 문장들과 잘 섞이도록 'study', 'history', 'exploration' 등과 같이 지문의 다른 곳에 사용된 어휘가 반복 사용되고 있어 그럴듯해 보이지만, 여기에 속지 마세요.

## 2) 이렇게 공부하자!

### (1) 글의 구조를 분석해 보자.

주제·요지·주장·제목 문제 유형에서 언급한 공부 방법처럼, 글의 구조를 분석해보는 것이 도움이 돼요. 연결어가 있으면, 연결어를 통해 그 부분이 문단에서 하는 역할을 손쉽게 파악할 수 있어요. 꼭 외워 두어야 할 주요 연결어를 참고해서 문단의 구조를 공부해 보세요.

### (2) 글의 내용이 어떻게 전개되는지 분석하자.

이런 문제 유형은 한 문장씩 해석하면서 글이 어떻게 전개되는지 알아봐야 해요. 중요한 연결어와 내용 흐름상 핵심이 되는 단어에 표시해가며, 아래와 같이 내용을 옆에 간략히 적어 보세요.

| | |
|---|---|
| Shopping is no longer just a necessity, a way to get the things we must have to survive. On the contrary, shopping has become a leisure activity. We shop just for the fun of it. Fortunately, most people still manage to live within their means. However growing consumer debt, which is now about $1.2 trillion, indicates that more and more people may be letting their spending habits get out of hand. In addition, as much as eight to ten percent of the American adult population may be compulsive shoppers. Compulsive shopping is a serious disorder that can ruin lives if it's not recognized and treated. Here are several ways to overcome this serious problem. | 과거의 소비<br><br>현재의 소비<br><br>소비자의 빚↑<br><br><br>치료 필요 |

어때요? 위와 같이 중요 어휘와 옆에 적은 내용을 보기만 해도 지문이 대략 어떻게 흘러가는지 파악할 수 있지요.

## 3) 시험 당일, 이렇게 풀어 보자!

### [주어진 문장을 넣는 유형 / 순서를 배열하는 유형]

**(1) 주어진 문장이나 글을 자세히 읽어 보자.**

주어진 글에 힌트가 있다고 했죠? 주어진 글을 읽으며 소재를 파악하고, 주어진 글 앞뒤에 올 내용이나 글의 전개 방향을 예상해 보세요.

**(2) 글 속에 숨은 힌트를 찾아 표시해 보자.**

각각의 글에 있는 지시어, 접속어, 화제 전환 문장을 빠르게 찾아서 표시하세요. 그리고 지시어가 가리키는 것이 무엇인지, 연결어에 맞게 내용이 이어지고 있는지, 적절하게 화제가 전환되고 있는지를 확인하면서 문장 간의 순서를 판단하세요.

**Q. 지시어나 연결어가 없는 경우도 있지 않나요?**
맞아요. 간혹 지시어나 연결어 힌트가 없는 경우도 있으니, 이것을 찾느라 시간을 허비하지는 마세요. 이런 유형은 내용의 흐름에 따라 풀어야 하는 문제예요.

**(3) 글의 구조와 전개 방식을 분석해 보자.**

간혹 지시어나 연결어 힌트가 없고 답을 찾기 어려울 때는 시험공부 할 때처럼 중요 어휘와 내용을 간략하게 적어 보세요. 한글로 적어둔 것을 눈으로 보며 글의 흐름을 따라가면, 주어진 문장이 어디에 들어가야 적절한지 파악할 수 있어요.

**(4) 답을 적은 후 답안의 순서대로 읽어 보자.**

글의 순서를 정했다면, 내용의 흐름을 생각하며 순서대로 읽어 보세요. 답안 검토는 혹시 모를 실수를 줄여 준답니다.

## [어색한 문장을 찾는 유형]

### (1) 첫 문장이나 마지막 문장이 주제문이 아닐 수 있음을 인지하자.

영어 문단에서 첫 문장이나 마지막 문장이 주제문인 경우가 많긴 하지만, 반드시 그런 것은 아니에요. 첫 문장이 주제문일 것이라고 생각하고 글을 읽으면, 잘못된 문장을 선택할 수 있으니, 섣부른 판단은 금물이에요.

### (2) 소재에 얽매여 어색한 문장을 선택하지 말자.

소재를 미리 파악하고 아래로 읽어 내려가면, 글의 흐름을 따라가는 데 좀 더 쉬울 수 있어요. 하지만, 이를 근거로 어색한 문장을 판단하지 마세요. 소재를 언급만 할 뿐 하고자 하는 말은 다를 수 있어요. 또, 소재가 다른 것 같지만 문단에 반드시 필요한 문장도 있죠. 어색한 문장을 고를 때는 소재에 집중하기보다는 아래 사항에 대해 생각해 보세요.

> - 앞과 뒤의 연결이 자연스러운가?
> - 글 전체의 내용과 반대되거나, 논리적 비약은 없는가?
> - 필요한 문장인가?

### (3) 흐름이 어색한 문장을 빼고 읽어 보자.

어색하다고 생각되는 문장을 빼고 읽어 보세요. 그 문장을 뺐을 때 앞뒤 연결과 글의 흐름이 자연스러운지 확인해 보세요.

# 8.
# 그 밖의 문제 유형,
## 어떻게 대비해야 하나요?

이번에는 지칭 추론과 심경·분위기 파악 유형의 공부 방법을 알아볼게요. 지칭 추론의 경우 지문에서 대명사나 명사구가 가리키는 대상이 무엇인지 물어보는 유형이에요. 평소 독해할 때 대명사가 가리키는 대상이 무엇인지 꼼꼼히 해석하며 공부하고, 또한 같은 대상이 글 안에서 다양하게 표현되는지 유심히 살펴보세요. 심경·분위기 파악 유형은 심경과 분위기를 나타내는 다양한 형용사들을 암기해 두는 것이 중요해요.

## 지칭 추론 문제

앞에서 언급한 7가지 유형 외에도 선택형 문제 유형으로 지칭 추론과 심경·분위기 파악 유형이 있어요. 이런 문제 유형을 낼 수 있는 지문은 한정적이기 때문에 앞의 유형들보다 출제되는 빈도는 낮아요. 하지만, 이따금 출제되고 있으니 이 유형들에 대한 출제 경향과 대비 방법을 함께 알아볼까요?

지칭 추론은 글의 세부 내용을 파악하는 유형으로, 밑줄 친 대명사 중 가리키는 대상이 나머지 넷과 다른 것을 고르는 문제예요. 보통 지문 안에 두 명 이상의 인물이 등장하는 이야기 형식의 글에서 많이 출제되지요.

## 발문 예시

- 다음 글을 읽고 밑줄 친 She가 가리키는 대상이 나머지 넷과 <u>다른</u> 것은?
- 밑줄 친 He[Him]가 가리키는 대상이 나머지 넷과 <u>다른</u> 것은?

## 1) 이렇게 출제된다!

〈출처〉 2015 개정 YBM(박) 영어 / 2019년 고1 1학기 중간 _ 정답 ①

이 문제는 밑줄 친 'he' 중 하나만 다른 사람을 지칭하고 있어요. 글의 첫 문장을 보면 'John Goddard'라는 인물이 나오고, 두 번째 문장에 또 다른 인물 'a friend of his dad'가 등장하네요. 따라서 각각의 선택지가 두 인물 중 누구를 가리키는지 정확한 해석이 필요해요. ①번 선택지의 문장을 해석해 보면 'John의 아빠 친구는 John의 나이였을 때 그가 하고 싶었던 모든 것을 하지 못해서 후회했다'는 뜻이네요. ①번의 'he'는 'a friend of his dad'를 의미하는 것이 자연스럽죠? 그리고 ②번부터 ⑤번까지 모두 John을 의미한다는 걸 알 수 있어요. 따라서 답은 ①번이네요.

## 2) 이렇게 공부하자!

이 유형은 글에서 대명사 또는 명사구가 가리키는 것을 정확히 찾을 수 있는지를 평가해요. 영어는 특히 대명사(it, he, she, they 등)를 많이 사용하지요. 앞에 나온 낱말을 반복하기 싫어하는 영어의 특성 때문이에요.

그럼 이 유형은 어떻게 대비해야 좋을까요? 대명사는 보통 바로 앞에 나온 대상을 지칭하는데요. 본문에 나온 대명사가 각각 무엇을 지칭하는지 정확히 해석하고,

아래와 같이 같은 대상을 가리키는 대명사나 명사구는 같은 색깔로 표시를 하면서 공부를 하면 좋아요. 특히 대명사가 많이 사용된 이야기 형식이나 문학적 글이 나오면 더 꼼꼼히 해야겠죠?

Fish also cooperate. As everyone knows, big fish often eat little fish. Sometimes, however, little fish help the big fish, so the big fish do not eat the little fish. Tiny fish, which scientists refer to as "cleaners," swim into the mouths of bigger fish, which are referred to as "clients." The cleaners eat parasites in the clients' mouths. After the cleaners do their job, the clients let them go, instead of swallowing them. The cleaners get a meal, and the clients get a healthier mouth.

〈출처〉 2015 개정 YBM(한) 영어

## 3) 시험 당일, 이렇게 풀어 보자!

지칭 추론 유형은 처음부터 글을 차근차근 읽으면서 등장인물이 몇 명이고 어떤 관계인지 파악하는 게 중요해요. 대명사는 주로 바로 앞에 나온 대상을 지칭하지요. 밑줄 친 대명사가 누구를 지칭하는지 표시를 하면서 읽는 것도 좋은 전략이에요. 예를 들면, 간단하게 지칭하는 말의 첫 철자를 표시해도 좋고, 같은 대상은 같은 기호(예) ○△☆)로 표시해도 좋아요. 읽다 보면 대명사가 누구를 가리키는지 헷갈려서 다시 읽는 경우가 허다하거든요. 그리고 표시를 해두면 검토할 때도 시간을 절약할 수 있어요!

## 심경·분위기 파악 문제

이 유형은 등장인물의 심경이나 심경의 변화 또는 글의 분위기를 고르는 문제예요. 난도가 높은 유형은 아니지만, 선택지에 나오는 심경이나 분위기를 나타내는 어휘를 모르면 지문의 내용을 모두 해석해도 정답을 고를 수 없어요. 그리고 지문에도 심경과 분위기를 나타내는 단어들이 많이 나오는데 이런 단서들을 종합해서 정답을 찾아야 해요.

## 발문 예시

- 다음 글에 드러난 글쓴이의 심경 변화로 적절한 것은?
- 다음 글에 드러난 글쓴이의 심경으로 적절한 것은?
- 다음 글의 분위기로 적절한 것은?

# 1) 이렇게 출제된다!

---

### 1. 다음 글에 드러난 글쓴이의 심경 변화로 적절한 것은?

Leaving a store, I returned to my car only to find that I'd locked my car key and cell phone inside the vehicle. A teenager riding his bike saw me kick a tire in frustration. "What's wrong?" he asked. I explained my situation. "But even if I could call my husband," I said, "he can't bring me his car key, since this is our only car." He handed me his cell phone. The thoughtful boy said, "Call your husband and tell him I'm coming to get his key." "Are you sure? That's four miles round trip." "Don't worry about it." An hour later, he returned with the key. I offered him some money, but he refused. "Let's just say I needed the exercise," he said. Then, like a cowboy in the movies, he rode off into the sunset.

① frustrated   →   grateful
② scared   →   upset
③ confused   →   ashamed
④ joyful   →   annoyed
⑤ apologetic   →   exhausted

---

〈출처〉 인천광역시교육청 2018년 9월 고1 모의고사 / 2019년 고1 1학기 기말 _ 정답 ①

이 문제는 원래 지칭 대상이 나머지와 다른 것을 묻는 모의고사 기출문제였는데, 글쓴이의 심경 변화를 묻는 문제로 변형해서 출제한 것이군요. 글쓴이가 글의 앞부분과 마지막 부분에서 서로 다른 심경을 드러낸다는 의미지요. 글의 앞부분에서 필자에게 어떤 일이 생겼는지 상황을 파악해 보세요.

첫 번째 문장을 보면 차 안에 열쇠와 휴대 전화를 두고 내렸대요. 글쓴이는 어떤 심정이었을까요? 확실히 긍정적인 감정은 아니었겠죠? 두 번째 문장에 실마리가 나오네요. 'frustration(좌절)'이라는 결정적 힌트를 주고 있어요. 글쓴이가 느낀 감정은 'frustrated(좌절감을 느끼는)'가 적절해요.

글의 중반부를 보면 좌절감을 느끼고 있는 필자에게 한 착한 소년이 구세주처럼 나타나 도와줘요. 자신의 휴대 전화를 빌려주고 직접 필자의 집에 가서 차 열쇠도 가져다주지요. 필자는 어떤 심경이었을까요? 선택지를 보면 답이 될 수 있는 것은 'grateful(고마워하는)'이겠죠? 좀 더 근거가 필요하다면 "I offered him some money ~" 부분을 보세요. 필자가 얼마나 고마웠으면 소년에게 사례금을 주려고 제안했겠어요. 따라서 이 문제의 정답은 ①이에요.

## 2) 이렇게 공부하자!

장면이나 상황에 대한 묘사가 많은 지문인 경우, 읽을 때 그 장면을 상상하며 읽어보세요. 특히 개인의 감정이나 느낌이 잘 드러나는 수필, 소설 등 문학적인 글이나 일화에서 많이 출제되는 유형이죠. 심경이나 분위기를 나타내는 표현을 꼭 암기해 두어야 해요. 아래와 같이 긍정적인 분위기와 부정적인 분위기를 나타내는 심경어휘를 따로 정리해서 공부해도 좋아요.

**심경을 나타내는 어휘**

| 긍정적 | relaxed (편안한) <br> happy (행복한) <br> pleased, delighted, joyful (기뻐하는) <br> satisfied (만족한) |
|---|---|
| 부정적 | annoyed (짜증이 난) <br> desperate (절망적인) <br> frightened, scared (겁먹은) <br> disappointed (실망한) |

## 3) 시험 당일, 이렇게 풀어 보자!

지문을 읽을 때, 일어나고 있는 사건의 시간적 · 공간적 배경을 머릿속에 그려보면서 분위기를 파악해 보세요. 심경을 묻는 문항이라면 심경을 나타낼 수 있는 어휘를 찾아보고, 글의 분위기를 묻는 문항이라면 분위기를 나타내는 어휘를 찾아보세요. 특히 심정, 분위기, 어조나 태도를 나타내는 형용사나 부사가 직접적으로 사용되기도 해요. 이런 어휘들로 전체적인 심경, 분위기를 파악하는 거예요. 이것이 어렵다면 대략적인 분위기가 긍정적인지 부정적인지만이라도 파악해 보세요. 이 과정을 통해서 선택지 몇 개는 지워 없앨 수 있거든요!

## Tip. 심경이나 분위기를 나타내는 형용사

| | |
|---|---|
| angry | 화가 난 |
| anticipating | 기대하는 |
| anxious | 불안해하는 |
| ashamed | 부끄러워하는 |
| astonished | 깜짝 놀란 |
| bored | 지루한 |
| cheerful | 쾌활한 |
| confident | 자신감 있는 |
| confused | 당황한, 혼란스러워하는 |
| curious | 호기심이 많은 |
| delighted | 기뻐하는 |
| depressed | 우울한 |
| disappointed | 실망한 |
| dissatisfied | 불만스러워하는 |
| embarrassed | 당황스러워하는 |
| envious | 부러워하는 |
| excited | 흥분된, 신이 난 |
| exhausted | 지친 |
| festive | 흥겨운 |
| frightened | 겁먹은 |
| frustrated | 좌절한 |
| hopeful | 기대에 부푼, 희망찬 |

| | |
|---|---|
| indifferent | 무관심한 |
| irritated | 짜증이 난 |
| jealous | 질투하는, 시기하는 |
| joyful | 기쁜 |
| lonely | 외로운 |
| monotonous | 단조로운 |
| mysterious | 신비한 |
| nervous | 긴장한, 초조한 |
| outraged | 분개한 |
| overjoyed | 매우 기뻐하는 |
| refreshed | 상쾌한 |
| regretful | 후회하는 |
| relieved | 안심한 |
| romantic | 낭만적인 |
| satisfied | 만족스러운 |
| scared | 무서워하는, 겁먹은 |
| sorrowful | 슬픈 |
| sympathetic | 동정어린, 공감하는 |
| tense | 긴장한 |
| terrified | 무서워하는 |
| urgent | 긴급한 |
| worried | 걱정하는 |

Part 3.

# 영어 서술형 문제,
## 이렇게 준비하자!

서술형 문항은 선택형 문항과 달리 선택지도 없고, 영어로 단어, 구, 문장까지 직접 써야 해서 마음의 부담이 무척 크죠. 뭐가 나올지 감도 안 오는데 말이죠. 그래서 많은 학생이 본문을 암기하면서 서술형을 대비해 왔던 것 같아요. 서술형 문항에서 점수를 많이 뺏긴 학생들에게는 슬픈 소식이 있겠지만, 서술형 문항의 점수와 비중은 계속 높아지는 추세예요. 심지어 본인의 생각을 적어야 하는 논술형 문항까지도 출제된다는 소식이 있어요.

여러분은 서술형을 대비하기 힘들죠? 선생님들도 수백 명의 학생들의 답안을 몇 번씩 보며 채점하느라 눈이 빠질 것 같아요. 그래도 선생님은 서술형 문항이 좋아요. 독해, 문법, 영작, 문맥 파악 등 다양한 능력을 모두 사용하므로 여러분의 진정한 영어 실력과 사고력 향상에 도움을 주거든요. 서술형 문항으로 다음과 같은 유형들이 출제되지요.

- 문장 완성·영작
- 빈칸 완성
- 세부 내용 파악
- 어법
- 지칭 추론
- 주장·요지 쓰기

너무 어려울 것 같아 포기하겠다고요? 귀가 번쩍 뜨일 소식을 알려줄게요. 서술형 문항에 답안을 우리말로 쓰는 문제가 출제되기도 해요. 지문을 해석하고 문제에서 요구하는 정보를 우리말로 쓰는 것이지요. 이런 문제는 해볼만 하겠죠? 그리고 주어진 단어를 어법에 맞게 배열하는 비교적 쉬운 영작 문제도 있어요. 또한 서술형 문제는 문장을 정확하게 쓰지 않아도 부분 점수를 받을 수 있어요. 그러니 서술형 문제를 포기하기에 너무 아깝죠? 두려움을 버리고 함께 서술형 문제 유형을 하나씩 살펴보도록 해요.

# 1.
# 문장 완성·영작 문제,
## 어떻게 대비해야 하나요?

이 유형은 서술형 문제에서 가장 출제 빈도가 높은 유형이에요. 문장 완성 유형은 난이도가 쉬운 것부터 어려운 것까지 있지요. 이 유형에 대한 답안을 작성하려면 영어 문장의 구조를 알고 있어야 해요. 시험에 자주 출제되는 구문이 따로 있으니 그 부분은 교과서 본문에 표시해 두고 영작하는 연습을 해야겠죠. 그리고 교과서 보조단에 있는 문제는 그 본문의 핵심을 묻고 있으니, 반드시 답안을 작성해 보세요. 영어를 구조적으로 접근하기 어렵다면 의미 위주로 공부하는 것도 한 가지 방법이에요.

이번에 살펴볼 내용은 서술형 유형 중 출제 빈도가 가장 높은 문장 완성 유형과 영작 유형이에요. 이 두 유형은 특정한 의미를 전달하는 문장 구조를 알고, 이를 적절히 활용해 문장을 만들 수 있는지 확인하고자 하는 문제예요. 문제에서 표현해야 하는 의미와 사용해야 하는 단어를 어느 정도 제시하였는지에 따라 아래와 같이 다양한 유형으로 출제될 수 있어요.

## 발문 예시

### 우리말 의미와 단어가 모두 주어진 경우

• 윗글 (A)의 밑줄 친 우리말 뜻에 부합되도록 주어진 단어들을 배열하여 문장을 완성하시오. (필요 시 주어진 단어를 반복 사용할 수 있음)

### 우리말 의미 없이 단어가 모두 주어진 경우

• 문맥으로 보아, 위의 (A)에 들어갈 말을 보기의 어휘를 모두 사용하여 바르게 배열하시오.

### 우리말 의미가 주어지고, 단어는 몇 개만 주어진 경우

• 윗글의 밑줄 친 우리말 뜻이 되도록 주어진 단어를 반드시 활용하여 문장을 완성하시오. (단, 주어진 단어를 변형하지 말 것)

첫 번째와 두 번째 유형은 영작에 필요한 단어를 모두 알려주는 고마운 문항이에요. 주어진 단어를 어법에 맞게 순서대로 배열하기만 하면 되는 거지요. 그래서 '배열 문제'라고도 부르죠. 문장 완성 문항을 열심히 연습하면, 스스로 영작하는 영어 고수의 단계에 오를 수 있어요. 첫 번째 유형은 쉬우니까 나머지 두 유형만 함께 살펴볼까요?

# 1) 이렇게 출제된다!

## [유형 1] 문장 완성 (우리말 의미 없이 단어가 모두 주어진 경우)

> **서술형 5. 문맥으로 보아 다음 빈칸에 들어갈 문장을 〈보기〉의 어휘를 모두 배열해 완성하시오. [단어 형태 변형 가능, 단어 추가 금지]**
>
>     Ethan is only five feet tall, and his legs unnaturally bend away from each other. _____ Because of his condition, he decided to leave his crowded high school in the big city. He moved to our school in the middle of his first year in high school. That following summer, he asked the coach if he could join the football team as a sophomore. The coach wasn't sure at first, but in the end he allowed Ethan to come to practice. Regardless of his physical difficulties, Ethan worked just as hard as every other player on the team. Although he knew he would never be a valuable player in any of the team's games, he poured his heart and soul into practice every day.
>
> ┌─ **보기** ─┐
>
> to / he / is / for / run / it / walk / difficult / or

〈출처〉 2015 개정 능률(김) 영어 / 2018년 고1 1학기 중간

    이 유형은 우리말로 의미가 제시되지 않고 사용해야 하는 단어가 모두 주어진 경우예요. 흔히 출제되는 유형이죠. 우선 빈칸에 어떤 내용이 들어가야 하는지 알아야겠죠. 문맥을 파악하기 위해 빈칸 전후 문장을 읽어 보고, 〈보기〉의 단어를 보세요. 이때 전치사 'for', 'to'보다는 의미가 있는 'run, walk, difficult'와 같은 내용어를 보며, 문맥과 연결해 우리말로 대강 말을 만들어 볼까요? 그럼 '다리가 불편하니 아이들이 많은 학교에서는 걷거나 뛰기 힘들다'는 내용이 적절하겠네요. '~하기 어렵다'는 말에 어울리는 영어 구문이 떠오르나요? 'It is difficult to~'가 생각난다면 성공이에요! 이제 나머지는 어법에 맞게 적으면 돼요.

자, 그럼 채점 기준을 살펴보며, 점수를 어떻게 주는지 확인해 볼까요?

| 번호 | 채점 기준 | | 배점 |
|---|---|---|---|
| 서 5 | 정답 | It is difficult for him to walk or run.<br>It is difficult for him to run or walk. | 3점 |
| | 부분 답안 | him을 he로 쓴 경우 | −1점 |
| | | 주어진 단어를 빠뜨린 경우 한 단어마다 | −1점 |
| | | 철자가 틀리는 단어의 개수마다 | −1점 |

발문에 '단어 형태 변형 가능'이라고 적혀 있으면, 뭔가 바꿀 것이 있다는 말이겠죠? 'he'를 어법에 맞게 'him'으로 바꿔야 하는데 바꾸지 않은 경우 1점이 감점되네요.

주어진 단어를 모두 사용해야 하는데 사용하지 않은 경우 1점씩 감점이 되겠어요. 실제로 채점해보면 단어를 하나씩 빠뜨리는 학생이 있어요. 〈보기〉에 주어진 단어가 많을수록 그런 학생이 많아지죠. 답안을 작성한 후에는 반드시 주어진 단어를 모두 사용했는지 〈보기〉의 단어에 '/' 표시를 하면서 확인해 보세요.

철자를 잘못 쓴 단어가 3개 있으면 0점이네요. 단어가 이미 주어졌으니 조금만 유의하면 감점을 당하지 않을 수 있어요. 답안 작성 후 꼭 다시 한 번 철자를 확인하세요.

## [유형 2] 문장 완성 (우리말 의미가 주어지고, 단어는 몇 개만 주어진 경우)

> ### 서답형 7
>
> **다음 글을 읽고, 주어진 우리말 의미가 되도록 〈보기〉의 단어를 모두 한 번씩 사용해 문장을 완성하시오. (필요시 단어 추가, 변형 불가)** (6점)
>
>    Imagine for a moment that your boss remembers all of your children's names and ages, routinely stops by your desk and asks about them, and then listens as you talk about them. Imagine that same boss tells you about a skill you need to develop and opens up an opportunity for you to be trained on that particular skill. Imagine there is a death in the family, and the boss has your company cater meals for your family after the funeral as a gesture of support. All of these are real scenarios, and guess what? All the bosses who engaged in these acts of care and concern have fiercely loyal employees. They have employees who absolutely do not mind going the extra mile for their boss. They enjoy going to work and voluntarily suggest creative ideas that save the company money and increase sales. These bosses influence the behavior of their team <u>그</u> <u>들에게 무엇을 다르게 하라고 말함으로써가 아니라 신경써줌으로써.</u>
>
> > **보기**
> >
> > by, not, to, what, differently, but, care, them, by

〈출처〉 경기도교육청 2017년 11월 고1 모의고사 / 2018년 고1 1학기 기말

   이 문제 유형은 우리말로 의미는 주어졌으나, 문장을 구성하는 데 필요한 단어가 몇 개만 주어진 유형이에요. 우리말 의미와 주어진 단어를 보면서 어떤 문장 구조를 사용해야 할지 머릿속에 떠올라야 해요.

   문제를 볼까요? 밑줄 친 우리말을 보니 '~가 아니라 ~함으로써'라는 표현이 눈에 띄네요. 〈보기〉의 단어에 'not,' 'but,' 'by'가 있으니, 'not A but B' 구문과 'by+동사ing' 표현을 사용해야겠네요. 갑자기 이런 문장을 어떻게 영작하느냐고요? 일반적으로 이런 경우에는 단원의 목표 문법 혹은 선생님이 수업 시간에 강조한 문법, 특정한 의미를 나타내는 표현을 활용해 문장을 완성하도록 출제된답니다.

그럼, 채점 기준을 확인해 볼까요?

| 번호 | | 채점 기준 | 배점 |
|---|---|---|---|
| 서 7 | 정답 | not by telling them what to do differently but by caring | 6점 |
| | 유사 답안 | telling 대신에 ordering과 같이 의미가 통하는 단어를 쓰고 나머지도 모두 맞은 경우 | 6점 |
| | 부분 답안 | 철자 오류가 있는 경우 단어 하나당 | −1점 |
| | | 주어진 단어를 누락한 경우 단어 하나당 | −1점 |
| | | telling 대신 saying을 쓴 경우 | −0.5점 |
| | | 다음 부분만 맞은 경우<br>not by telling them /<br>what to do differently /<br>but by caring | 2점 |

철자에 오류가 있거나, 제시된 단어를 빠뜨린 경우 감점을 받네요. 평소에 공부할 때 단어를 눈으로만 익히지 말고, 손으로 써보면서 철자가 틀리지 않도록 해야겠지요?

이런 유형은 목표 문법이 포함된 문장, 선생님이 강조한 문장, 특별한 구조가 포함된 문장이 자주 출제돼요.

## 2) 이렇게 공부하자!

### (1) 문장의 구조를 알아두자.

문장을 완성하려면 기본적으로 영어 문장을 구성하는 성분이 어떤 순서로 나와야 하는지 알아야겠죠? 아래 도표를 참조하여 문장의 구조가 어떻게 되는지 익혀 두세요.

**영어 문장의 구조**

| 문장 성분 | 의미 | 예문 |
|---|---|---|
| S+V | ~은 + ~다 | The baby(S) cried(V). |
| S+V+C | ~은 + ~다 + ~인/~한 | He(S) is(V) a math teacher(C). |
| S+V+Ad | ~은 + ~다 + ~에 | He(S) was(V) in his room(Ad). |
| S+V+O | ~은 + ~다 + ~를 | I(S) like(V) rice cake(O). |
| S+V+O+O | ~은 + ~다 + ~에게 + ~을 | He(S) gave(V) me(O) a present(O). |
| S+V+O+C | ~은 + ~다 + ~를 + ~인/~한 | They(S) elected(V) her(O) president(C). |

＊S 주어, V 동사, O 목적어, C 보어, Ad 부사

### (2) 다양한 '전치사 + 명사구'는 따로 정리해 두세요.

간혹 주요 부분은 맞게 썼는데 '전치사 + 명사'로 이루어진 구에서 순서를 혼동하는 학생들이 있어요. 평소 교과서나 문제집의 지문을 읽을 때 몰랐던 '전치사 + 명사구'를 단어장에 따로 적어 두고 익히세요. 이렇게 따로 정리해 놓으면, 시험 전에 그 부분만 훑어보기 좋겠죠?

**전치사 + 명사구**

- all the time 늘
- on the table 식탁 위에
- in the afternoon 오후에
- every other month 격월로
- in the classroom 교실에서
- for the first time 처음으로
- all over the world 전 세계에
- on Sunday afternoon 일요일 오후에

## (3) 시험에 자주 출제되는 구문은 본문에 표시해 두자.

문장 완성 문제는 아무 곳이나 빈칸으로 나오는 것이 아니에요. 목표 문법이 사용되었거나, 선생님이 강조했거나, 특정 의미를 표현하는 데 필요한 언어 형식이 시험에 출제되지요. 평소 수업 시간에 필기를 잘해두고, 목표 문법이 사용된 문장을 표시해 두세요.

> **Q. 평소 공부할 때와 시험 준비할 때 어떻게 하면 될까요?**
> 평소에 공부할 때는 구문들에 익숙해지도록 문제집을 활용해 해당 부분을 풀어보고, 영작도 많이 해보세요. 이외에도 'to 부정사', '관계절', '분사 구문', 'that 절'도 많이 출제되니, 시간이 날 때, 하나씩 공부해 두세요.
> 시험공부 할 때는 지문에 목표 문법이나 자주 출제되는 구문(Tip. 참고)이 나와 있는지 하나하나 비교해보며 형광펜으로 표시를 해두고, 문장 구조를 잘 파악해 두세요.

## (4) 교과서 보조단 문제도 열심히 풀자.

> **While You Read**
> **Q4.** What are Ethan's physical difficulties?

〈출처〉 2015 개정 능률(김) 영어

위 질문은 기출문제 [유형 1] 지문 옆에 있던 보조단 문제예요. 지금 보니, 기출문제 답에 해당하는 부분과 일맥상통하는 것이 보이나요? 간혹 교과서 문제를 우습게 생각하고 문제집만 열심히 푸는 학생이 있어요. 하지만, 교과서에 나오는 문제, 특히 본문 옆 보조단 문제는 그 부분에서 핵심이 되는 부분을 묻기 때문에 반드시 풀어 봐야 해요.

## (5) 의미 위주로 공부해 보자.

보통 목표 문법을 공부할 때 문법이나 구조를 중심으로 공부를 하죠. 그런데 이 문항을 대비할 때는 의미 위주로 공부해 보세요.

"I need something to drink."

이런 문장이 있을 때 'to 부정사의 형용사적 용법'을 공부하는 것이 아니라, '마실 것'을 영어로 어떻게 표현해야 하는지부터 생각해 보는 거죠. 한 가지 방법은 다음과 같이 의미 기준으로 정리해두는 거예요.

| 의미 | 표현 | 구조 |
|------|------|------|
| 마실 것 | something to drink | 명사 + to + 동사원형(+ 전치사) |
| 살 것 | something to buy | |
| 쓸 펜 | pen to write with | |
| 누울 곳 | place to lie down | |

## 3) 시험 당일, 이렇게 풀어보자!

### (1) 발문의 조건을 확인하자.

모든 서술형 문항이 그렇지만, 영작 문제는 특히 확인해야 하는 조건이 많은 문항이에요.

대개 발문에 조건이 잘 나와 있지만, 안 나와 있거나 확실히 모르겠다면 선생님에게 질문하세요. 특히 배열 문제에서 주어진 단어를 하나라도 안 쓰면 부분 점수 없이 0점을 주는

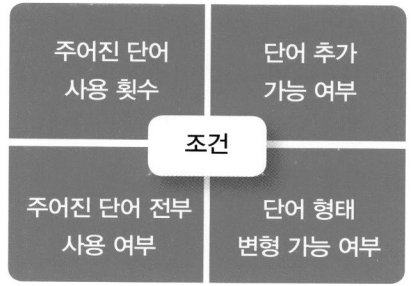

경우도 있어요. 문제를 풀고 나서 조건에 맞게 답안을 작성했는지 반드시 확인하세요.

그리고 조건에서 힌트를 얻을 수도 있어요. '단어 형태 변형 가능' 또는 '단어 추가 가능'이라고 쓰여 있으면 변형 또는 추가하라고 알려주는 것이니, 이를 염두에 두고 답안을 작성하세요.

### (2) 주어진 단어를 보며 문장 구조를 생각해 보자.

영작 문제는 배운 문법으로 문장을 만들 수 있는지 확인하는 것이지요. 그래서 그 문장 구조를 만들 때 반드시 활용해야 할 단어들이 주어지는 편이에요. 〈보기〉에 주어진 단어를 보면, 어떤 문장 구조인지 힌트를 얻을 수 있다는 것이죠. 예를 들어, 〈보기〉에 if가 주어지면, '~인지 아닌지'의 의미를 가진 명사절이나 '만약'으로 시작하는 조건문이나 가정법이 사용된 문장을 떠올릴 수 있어야 해요. 그런 다음에는 문맥을 보며 둘 중 하나를 선택해 영작하는 거죠.

(3) 우리말이 주어지지 않은 경우, 문맥을 파악한 후 주어진 단어의 내
용어 중심으로 배열해 보자.

우리말이 주어지지 않은 경우, 앞뒤 문장을 읽으며 문맥을 파악해 보세요. 주어진 단어를 내용어 중심으로, 빈칸에 들어갈 내용을 추측해 보세요. 그러고 나서 내용어를 배열하고, 어법에 맞추세요. 막혔던 문제가 조금씩 풀리는 느낌이 들 거예요. 완전한 문장을 만들지 못했더라도 반드시 답안지에 옮겨 적으세요. 부분 점수를 받을 수도 있거든요.

---

### 서술형 문제에서 가장 많이 하는 5대 실수

1. 반드시 사용해야 하는 단어를 누락함.
2. 주어진 단어를 한 번만 써야 하는데 두 번 사용함.
3. 문제지에 써 놓은 답안을 답안지에 옮겨 적지 않음.
4. 본문 또는 조건에 제시된 단어의 철자를 틀리게 적음.
5. 한글로 써야 하는데 영어로 작성 또는 그 반대로 작성함.

# Tip. 서술형 문장 완성 문제에 자주 출제되는 구문

| 구문 | 예문 |
|---|---|
| It ~ that<br>강조 구문 | • **It** was yesterday **that** I bought a watermelon here. |
| 가주어, 진주어 구문 | • **It** is nice of him **to** say so.<br>• **It** is important **for** her **to** keep in touch with her family.<br>• **It** is uncertain **whether** they will come back. |
| 가목적어, 진목적어<br>구문 | • My mom made **it** a rule to wash the dishes ourselves.<br>• He made **it** clear that he made a huge mistake. |
| if/whether 절 | • We weren't sure **whether** his strategy would work or not. |
| 간접의문문 | • I wonder who called.<br>• Nobody knows when he will come back.<br>• Where he stays is unknown.<br>• What he said surprised me.<br>• He was curious how we could do it.<br>• I don't understand why he went back to Mexico. |
| so ~ that | • Jack was **so** tired **that** he couldn't barely keep his eyes open. |
| so that ~ | • Please open the window **so that** we can get some fresh air. |
| not only ~ but also | • He **not only** read the book, **but also** remembered what he had read. |
| the 비교급,<br>the 비교급 | • **The more** you forgive, **the bigger** person you become. |
| 가정법 | • **If** I **were** you, I **would** go and apologize right away.<br>• **If** you **had eaten** breakfast, you **would have felt** more energized this morning. |
| 도치 구문 | • **Little did I know that** there would be so many insects in the summer.<br>• It was **not** until he was fifty **that** he started to write.<br>• **Only after** a long discussion **did we** find a solution.<br>• **Not until** we had reached the top **did we** realize how far we had come.<br>• **No sooner had** I bought the bicycle **than** I lost it. |

# 2.
# 빈칸 완성 문제,
## 어떻게 대비해야 하나요?

이 유형은 지문 안에 있는 빈칸을 채우는 유형과 요약문의 빈칸을 채우는 유형으로 나눌 수 있어요. 글의 주제를 파악하면 빈칸에 들어갈 내용을 충분히 추론해 낼 수 있으니, 글의 전체적인 요지를 파악하는 게 중요해요. 빈칸에 알맞은 단어를 지문에서 찾아 변형해서 쓰라는 조건이 붙었다면 어형 변화에 유의해서 답안을 작성해야 해요.

빈칸 완성은 지문 안에 있는 빈칸을 채우는 유형과 요약문의 빈칸을 채우는 유형으로 나눌 수 있어요. 문제마다 다르지만, 빈칸은 보통 2개 이상 제시되고 빈칸에 첫 철자를 제시하거나 본문 안에서 단어를 찾아 쓰라는 등의 조건이 주어지는 경우가 많아요.

## 발문 예시

지문 안의 빈칸을 완성하는 경우
- 다음 글의 빈칸 (A), (B)에 들어갈 말을 주어진 철자로 시작하여 쓰시오.

요약문의 빈칸을 완성하는 경우
- 다음 글의 내용을 한 문장으로 요약하고자 한다. 빈칸 (A), (B)에 들어갈 가장 적합한 말을 본문에서 찾아 각각 한 단어로 쓰시오. (필요 시 어형 변화 가능)

이 유형은 선택형 빈칸 추론 문제와 요약문 완성 문제가 서술형으로 출제된 거라고 이해하면 돼요. 글의 주제와 내용을 정확히 이해해야 쓸 수 있어서 어려운 유형에 속해요. 이 유형을 어떻게 공략할지 차근차근 알아볼까요?

# 1) 이렇게 출제된다!

## [유형 1] 빈칸 완성 (지문 안의 빈칸을 완성하는 경우)

> **[주관식 1] 다음 글을 읽고, 문맥상 빈칸에 공통으로 들어갈 단어를 주어진 영영 뜻풀이를 참고하여 쓰시오.** (3점)
>
> You can buy conditions for happiness, but you can't buy happiness. It's like playing tennis. You can't buy the joy of playing tennis at a store. You can buy the ball and the racket, but you can't buy the joy of playing. To experience the joy of tennis, you have to learn, to train yourself to play. It's the same with writing calligraphy. You can buy the ink, the rice paper, and the brush, but if you don't c_____ the art of calligraphy, you can't really do calligraphy. So calligraphy requires practice, and you have to train yourself. You are happy as a calligrapher only when you have the capacity to do calligraphy. Happiness is also like that. You have to c_____ happiness; you cannot buy it at a store.
>
>    c_____ : to try to develop or acquire a quality, sentiment, or skill

〈출처〉 부산광역시교육청 2019년 6월 고1 모의고사 / 2019년 고1 1학기 기말

    이 유형은 본문 안에 빈칸이 있는 경우예요. 이 유형은 원래 필자의 주장을 묻는 문제였는데 변형해서 출제했네요. 빈칸에 들어갈 단어의 첫 철자나 영영 뜻풀이를 힌트로 제공하거나, 지문 안에서 단어를 찾아서 쓰라는 등의 조건이 주어지기도 하죠. 문맥에 맞더라도 이런 조건에 맞지 않으면 오답으로 처리될 수 있으니, 꼼꼼한 조건 확인은 필수예요.

    이 유형의 문제를 풀 땐, 일단 빈칸이 포함된 문장을 먼저 읽어보세요. 빈칸이 포함된 문장을 읽으면 글 전체의 주제에 대한 힌트를 얻을 수 있죠. 보통 빈칸에는 글의 주제와 관련된 핵심적인 단어가 들어가거든요. 그리고 빈칸에 들어갈 단어의 품사 정보도 얻을 수 있어요. 이런 정보는 문제를 푸는 데 굉장히 중요한 실마리가 됩니다. 이 문제의 빈칸이 'don't'와 'have to' 뒤에 오는 것으로 보아, 동사가 오겠네요.

다음은 지문을 읽으며 글의 주제를 찾아보세요. 이 글은 '행복은 돈으로 살 수 없고 자신의 노력을 통해 길러야 한다.'는 주제의 글이었어요. 주제를 뒷받침하기 위해 '테니스'와 '서예 쓰기'가 예시로 나오죠. 테니스와 서예에 필요한 재료들을 살 수는 있어도, 직접 할 수 있는 기술을 배우지 않으면 진정한 행복을 느낄 수는 없다는 내용이에요. 주제를 파악했다면, 다음 단계는 빈칸에 어떤 단어가 적절할지 추론해 보세요. 빈칸 문장을 해석해 볼까요?

"만약 당신이 서예 기술을 _____ 하지 않는다면, 서예를 진정으로 할 수 없다."
"당신은 행복을 _____ 해야 한다."

자, 아직 감을 잡기 어렵다면 주어진 영영 뜻풀이를 보세요. '어떤 자질, 감정 또는 기술을 획득하거나 개발하려고 노력하는 것'이라는 의미의 단어가 들어가야 해요. 모든 조건을 고려했을 때, 빈칸에는 '기르다', '개발하다'라는 뜻을 지닌 동사 'cultivate'가 들어가는 게 적절해요.


이 문제의 채점 기준을 볼까요?

| 번호 | | 채점 기준 | 배점 |
|---|---|---|---|
| 1 | 정답 | cultivate (대소문자 구분 안 함) | 3점 |
| | 부분 답안 | 부분 점수 없음 | |

채점 기준이 간단하죠? 문제에서 빈칸에 들어갈 단어의 첫 철자와 영영 뜻풀이가 제시됐기 때문에, 주어진 답 외에 다른 답이 나오기 어려운 문제였어요. 이렇게 문제에 조건이 제시된 경우에는 조건을 어기면 감점 또는 오답 처리될 수 있어요. 평소 문제를 잘못 읽어서 틀리는 학생들은 특히 주의해야 해요.

빈칸에는 주로 글의 주제와 관련된 핵심어가 들어가요!

## [유형 2] 빈칸 완성 (요약문의 빈칸을 완성하는 경우)

> **[주관식 4]** 다음 글의 내용을 한 문장으로 요약하고자 한다. 빈칸 (A), (B)에 들어갈 가장 적절한 말을 본문에서 찾아 각각 한 단어로 쓰시오. (어형 변화 가능)
>
> Good managers have learned to overcome the initial feelings of anxiety when assigning tasks. They are aware that no two people act in exactly the same way and so do not feel threatened if they see one employee going about a task differently than another. Instead, they focus on what employees achieve in the end. If a job was successfully done, as long as salespeople are keeping to the company's ethical selling policy, then that's fine. If employees do not achieve their task successfully, then such managers respond by discussing it with the employee and analyzing the situation, to find out what training or additional skills that person will need to do the task successfully in the future.
>
> ⇩
>
> Good managers focus on the final (A)_____ unless their employees violate (B)_____, no matter how they start and perform the given tasks.

〈출처〉 부산광역시교육청 2018년 6월 고1 모의고사 / 2018년 고1 1학기 기말

　　빈칸을 완성하는 측면에서 보면 방금 살펴본 유형과 비슷하죠? 이 유형은 원래 지문 안의 빈칸에 알맞은 말을 찾는 문제였는데, 요약문의 빈칸을 완성하는 문제로 변형하여 출제했군요. 이 유형의 문제가 나오면 먼저 요약문을 읽고 요지를 대충 추측해 보세요. 요약문은 '글의 요지'를 한 문장으로 압축한 것이죠. 이것을 통해 글의 내용을 어느 정도 추측할 수 있거든요. 그리고 어디에 중점을 두고 글을 읽을지 파악할 수도 있죠.

　　이 문제의 요약문을 함께 볼까요? 먼저 빈칸이 포함된 부분을 해석해 보죠.

> 좋은 관리자들은 최종 _____(A)_____ 에 집중한다. / 그들의 직원들이 _____(B)_____ 를 어기지 않는 한 ....

이제 글을 읽으며 좋은 관리자들은 '무엇'에 집중하는지, 직원들이 '무엇'을 어기지 않으면 된다는 것인지 빈칸에 대한 실마리를 찾아야 해요. 이때, 요약문의 내용과 비슷하게 표현된 부분을 찾으면 좀 쉬울 거예요. 본문의 "they focus on what employees achieve in the end."라는 부분이 빈칸 (A)에 대한 힌트가 되네요. 관리자들은 직원들이 '최종적으로 성취하는 것'에 집중하므로, 빈칸에는 '성취' 또는 '업적'이라는 의미의 명사가 들어가면 되겠죠?

그런데 지문을 샅샅이 훑어봐도 '성취'를 뜻하는 명사가 안 보인다고요? 맞아요! 이 부분이 바로 변별력이 있는 출제 포인트예요! 발문을 다시 읽어 보세요. 어형 변화가 가능하다는 조건이 보이나요? 이 말은 '해당 품사의 단어가 없어도 형태를 변화시켜 쓸 수 있다'는 것을 의미해요. 본문에 동사 'achieve'가 있어요. 따라서 이 동사에 명사를 만들어주는 접미사 '-ment'를 붙인 'achievement'가 답이에요.

이번에는 빈칸 (B)에 대한 힌트를 찾아볼까요? 요약문에 'unless(= if not)'라는 표현은 '만약 ~ 않으면'이라는 가정의 의미를 담고 있어요. 본문의 'as long as(~하는 한)'를 다르게 표현한 거죠.

> 본문 : 'as long as salespeople are keeping to the company's ethical selling policy'
>    (판매원들이 회사의 윤리적 판매 정책을 준수하는 한)
> 요약 : 'unless their employees violate ~' (직원들이 ~을 위반하지 않는 한)

빈칸에는 한 단어가 들어가야 하니까 'policy(정책)'가 들어가면 되겠죠? 선생님들은 이렇게 본문에 있는 표현을 다른 말로 바꾸어 표현하는 걸 좋아해요. 그럼, 채점 기준을 살펴볼까요?

| 번호 | | 채점 기준 | 배점 |
|---|---|---|---|
| 4 | 정답 | (A) achievement<br>(B) policy<br>– 대소문자 구분 없음 | 4점 |
| | 부분 답안 | (A) 또는 (B) 하나만 맞는 경우<br>철자 오류 시, 부분 점수 없음 | 2점 |

빈칸에 들어갈 말을 본문에서 찾아 쓰라는 조건이 있어서, 만약 본문에 없는 단어를 썼다면 감점이 되거나 오답 처리될 수 있어요. 다시 말하지만, 조건을 잘 지키는 것이 기본 중의 기본이에요!

## 2) 이렇게 공부하자!

### (1) 글의 주제 및 요지를 정리해 놓자.

빈칸 완성 유형은 주제가 잘 드러나는 글에서 출제되는 경향이 있어요. 특히 모의고사 지문 중 '주제, 주장, 요지, 제목, 빈칸 추론' 등 주제나 요지가 명확한 글에서 많이 출제돼요. 따라서 공부할 때 글의 주제가 잘 드러나는 부분에 형광펜으로 밑줄 쫙~ 표시해 두고, 요지를 간략하게 정리해 둔다면 효과적으로 대비할 수 있어요. 영어로 요지를 적는 게 어려운 학생들은 한글로 정리해도 괜찮아요.

> Q. 모의고사 지문은 어려워서 요지 파악이 어려운데 어떻게 정리하죠?
> 보통 모의고사는 교과서보다 소재도 다양하고 내용도 어려운 경우가 많지요. 해석이 제대로 되지 않는다면 주제나 요지를 정리하는 것이 어렵게 느껴질 거예요. 이럴 때는 우리말 해석을 여러 번 읽어보면서 글의 내용을 정확히 이해한 후 이를 바탕으로 요지를 정리해 보세요.

### (2) 글의 핵심 단어들은 반드시 암기하자.

빈칸에는 글의 핵심 단어들이 들어가는 경우가 많다고 했죠. 도대체 뭐가 핵심 단어냐고요? 글의 주제가 잘 드러나는 문장에 포함된 단어라고 보면 돼요. 이런 핵심 단어들은 뜻은 물론이고 철자까지 정확히 암기해 두어야 해요! 사실 요즘은 본문의 단어를 그대로 내지 않고 변형해서 출제하는 경우가 많아요. 그래서 평소에 단어를 외울 때 유의어, 반의어, 파생어까지 함께 공부해 두는 것이 좋아요.

유의어와 반의어를 공부하는 방법으로 '인터넷 사전'을 활용하는 것을 추천해요. 검색창에 단어를 넣고 검색하면 그 단어의 유의어, 반의어 등이 쉽게 검색되거든요. 사전을 가까이할수록 어휘 실력이 쑥쑥 향상된다는 것을 기억하세요!

## 3) 시험 당일, 이렇게 풀어보자!

### (1) 빈칸이 있는 문장을 먼저 읽고, 어떤 단어가 들어가야 할지 탐색하자.

내신 시험은 우리가 처음 보는 낯선 글이 아니라 이미 공부한 지문에서 나온다는 것을 잊지 마세요. 글의 주제를 떠올리며 빈칸에 어떤 단어가 들어가야 할지 생각해 봐요. 빈칸에 어떤 품사가 들어가야 할지도 확인해 보세요.

### (2) 문제의 조건을 정확히 확인하자.

문제에 제시되는 여러 조건이 여러분에게 힌트가 될 수도 있지만, 지나치게 다양한 답안이 나오는 것을 예방하려는 목적도 있어요. 조건을 어기면 감점 또는 오답 처리될 수 있으니, 문제에 주어진 조건을 정확히 확인하고 답안을 작성하세요. 답안을 다 작성한 후에는 조건을 어기지는 않았는지 반드시 다시 확인하고 다음 문제로 넘어 가세요!

### (3) 답을 쓰고 반드시 철자와 어형이 맞는지 확인하자.

빈칸에 들어갈 단어가 한 단어라면 보통 철자 하나만 틀려도 오답으로 처리될 수 있어요. 시험 볼 때는 평소 잘 알고 있는 단어도 긴장해서 철자를 잘못 쓰는 경우가 정말 많아요. 답안지에 답을 적고 반드시 다시 한 번 철자를 확인해 보세요. 그리고 빈칸에 동사가 들어가면 '수 일치, 태, 시제' 등을 종합적으로 살펴야 해요.

# 3.
# 세부 내용 문제,
## 어떻게 대비해야 하나요?

이 유형은 선택형의 내용 일치 문제와 유사한 유형이라고 볼 수 있어요. 문제에서 요구하는 정보를 지문에서 찾아 한글 혹은 영어로 작성하면 되기 때문에 서술형 문제 중 비교적 쉬운 문제예요. 평소 글을 읽으며 중요 정보에 밑줄을 그어 표시하는 연습을 해보세요. 그리고 글의 정보가 서로 어떤 관계인지 그래픽 오거나이저를 활용해 정리해보는 것도 글의 내용을 파악하는 데 도움이 된답니다.

대학 입학 후 첫 방학에 배낭여행을 간다고 상상해 보세요. 가장 먼저 무엇을 할까요? 인터넷 검색을 해서 가고 싶은 나라에 대한 정보를 수집하겠지요? 그냥 읽고 넘기나요? 아니죠. 필요한 정보를 보기 좋게 정리해 둘 거예요. 이 유형은 그와 같이 글에서 특정 정보를 찾아 정리할 수 있는지를 알아보는 유형이에요.

## 발문 예시

- 윗글을 읽고, 한국 백자와 구본창 작품에서 보이는 백자의 특징과 그러한 특징을 갖게 된 배경을 본문에서 찾아 한글로 적으시오.
- 윗글을 읽고, 입으로 하는 호흡과 코로 하는 호흡을 비교하는 표를 영어로 완성하시오.

그럼, 기출 문제를 보면서 살펴볼까요?

# 1) 이렇게 출제된다!

Photographer Koo Bohn-chang (1953 -) found the inspiration for his images of Korea in museums. As part of a four-year project, Koo visited a number of museums in Korea and other countries to photograph ceramics from the Joseon Dynasty. He chose sixteen examples of pure white Korean porcelain as his subjects and shot them mostly in black and white.

Even though ceramics were popular throughout East Asia for centuries, Koreans especially liked simple white porcelains. They were very different from the richly decorated ceramics made in China and Japan.     (A)     , their simple beauty reflected Confucian values, which ran through the long history of the Joseon Dynasty.

Koo especially wanted to emphasize how long time has passed since Koreans created white porcelain.     (B)     , Koo captured these stained, cracked, and worn surfaces of the old vessels in a beautiful light. The true art of his works was in these details.

### 서답형 4 - 서술형

윗글을 읽고, 일반적인 조선백자와 구본창의 작품에서 보이는 백자의 외적 특징과 그러한 특징을 갖게 된 배경을 본문에서 찾아 우리말로 적으시오. [각1점, 총 4점]

|  | 외적 특징 | 배경 |
|---|---|---|
| 일반적인 조선백자 | 1) | 2) |
| 구본창의 조선백자 | 3) | 4) |

〈출처〉 2009 개정 능률(이) 영어 I / 2017년 고1 2학기 기말

이런 유형은 글에 나온 정보를 이해하고, 주어진 기준에 따라 구분할 수 있는지 확인하는 문제지요. 이 문제의 경우, 지문에 '조선백자의 외적 특징은 ○○다'라고 친절하게 설명이 되어 있지 않아, 내용을 하나하나 보면서 찾아야 해요.

일반적인 조선백자에 관한 내용은 두 번째 단락에, 구본창의 조선백자에 관한 내용은 세 번째 단락에 나와 있어요. 일반적인 조선백자의 외적 특징은 'simple white porcelains'이라고 쓰여 있고, 그런 외적 특징을 가지게 된 배경은 'their simple beauty reflected Confucian values ~ of the Joseon Dynasty.'라고 되어 있어요. 구본창의 조선백자 역시 'Koo captured these stained, cracked, and worn surfaces'라고 되어 있고, 배경은 그 앞 문장인 'Koo especially wanted to ~ created white porcelain'에 나와 있네요.

자, 그럼 이렇게 찾은 정보를 우리말로 해석해서 답안을 작성하면 되겠네요.

이제 채점 기준을 살펴볼까요?

| 번호 | | 채점 기준 | 배점 |
|---|---|---|---|
| 4 | 정답 | 1) 단순하고 하얗다.<br>2) 유교적 가치를 반영했다.<br>3) 얼룩지고, 금이 가고, 닳았다.<br>4) 한국인이 백자를 만든 지 오래 되었음을 강조하고 싶었다. | 각 1점 |
| | 유사 답안 | 1) 심플하고 흰색이다<br>4) 백자가 만들어진지 오래되었음을 강조하고자 했다. | 각 1점 |
| | 부분 답안 | 1) 디자인과 색상 중 한 가지만 쓴 경우<br>3) 세 가지의 특징 중 한 가지만 쓴 경우 | 각 0.5점 |

채점 기준을 살펴보니, 1)과 3)의 경우 지문에 나온 내용을 모두 쓰지 않은 경우 부분 점수를 받았네요. 선생님이 채점할 때도 대충 써서 감점 당하는 친구들이 있어요. 너무 안타깝지만, 제대로 쓰지 않으면 온점을 줄 수 없어요. 이러한 문항은 주어진 정보를 구체적이고 정확하게 써야 해요.

이런 문항은 사실적인 정보가 많은 글에서 출제돼요. 답안 작성할 때는 내용을 꼼꼼하고 구체적으로 쓰세요.

## 2) 이렇게 공부하자!

### (1) 필요한 정보를 추리는 연습을 하자.

이런 유형은 이야기 형식의 글보다 세부 정보가 많은 글에서 출제되는 경향이 많아요. 글을 읽을 때 중요하다고 생각되는 정보에 밑줄을 치면서 공부하세요. 중심 소재를 네모로 표시하고, 특징이 나열되면 번호를 매겨 보세요. 그러고 나서 밑줄 친 부분만 다시 읽어보세요. 밑줄 친 문장만 읽어도 본문의 내용을 알 수 있어야 해요.

---

Every day during lunch, Jamie enjoys a soft drink and has a decision to make: What should he do with the empty can? Many people would answer, "Recycle it!" Obviously, recycling is good for many reasons. We ① can reduce the amount of trash thrown away, ② use less energy than we would to make new products, and ③ conserve natural resources by recycling. However, recycling is not a perfect way to manage waste. It still requires a lot of energy to purify used resources and convert them into new products. So, what about trying to creatively reuse, or "upcycle" them instead? This new approach is becoming more popular since it is ① even more environmentally friendly than recycling. What's more, it can also be ② fun!

---

Q. 밑줄을 긋다 보니 모든 문장에 밑줄이 그어졌어요.

아직 훈련이 덜 되어서 그런 거예요. 밑줄 친 문장만 읽어보세요. 내용이 겹치는 정보가 있나요? 그렇다면 둘 중 더 중요한 정보가 무엇인가요? 덜 중요한 문장의 밑줄은 지우세요. 예시 문장이나 상술하는 문장은 중요하지 않으니 그런 문장에 밑줄이 그어져 있다면 밑줄을 지우거나 다른 색으로 표시하세요. 그런데, 지문의 길이가 짧은 경우에는 거의 모든 문장이 중요한 정보를 포함하고 있는 경우가 있어요.

## (2) 글의 정보가 서로 어떤 관계인지 정리해 보자.

보통 교과서 본문 다음에는 'After You Read'라는 '읽기 후 활동'을 통해 문제를 풀어보는 페이지가 있어요. 여기에 있는 문제는 본문을 시각화해서 잘 보여주지요. 선생님이 수업 시간에 따로 다루지 않더라도 이 부분을 반드시 풀어 보세요.

---

**A** Review the text and fill in the map below.

**The Artist's Magic**

**Imitating Reality**
1. The main goal of the painters in the past was to imitate reality.
2. Examples: · the competition between a painting of grapes and a painting of a _____
· a painting of a _____ who seems to be emerging from the dark space of the picture

**Telling Stories**
1. Some artists hid _____ to tell a story.
2. Example: a painting of two men and a hidden _____

**Painting the Landscape of Dreams**
1. Surrealist artists painted fantastic images to capture the workings of the human _____.
2. Example: a painting of a woman on a horse

〈출처〉 2015 개정 YBM(박) 영어

---

이외에도 스스로 스캐닝을 하며 내용을 노트에 정리해 보는 것도 좋아요. 글을 읽고 난 후, 다음과 같이 적절한 방법으로 도식화하여 정리하면 한결 손쉬울 거예요.

## 글의 구조와 그래픽 오거나이저(graphic organizer) *

| 글의 구조 | 그래픽 오거나이저 |
|---|---|
| 차이점과 공통점을 모두 가지고 있는 두 대상에 관한 글 | 주제: ___ 주제: ___ (차이점 / 공통점 / 차이점 벤 다이어그램) |
| 장점–단점, 사실–의견 등 공통점이 없는 두 가지 내용에 관한 글 | 장점 / 단점 표 |
| 원인–결과, 실험 가설–실험 결과와 같이 어떤 것이 다른 것에 영향을 미치는 내용에 관한 글 (인과 관계가 다양하게 얽혀 있을 수 있어요) | 원인→결과 / 원인→결과·결과 / 원인·원인→결과 / 원인→원인/결과→원인/결과→결과 / 원인/결과 관계도 |
| 어떤 주장에 대해 이유와 근거/사례 등이 제시된 글 | 명제 — 이유 1 (사실/예시), 이유 2 (사실/예시), 이유 3 (사실/예시) |
| 육하원칙이 있는 어떤 사건에 관한 글 | Who / When / Where / What / How / Why |

\* '그래픽 오거나이저'란 추상적인 아이디어나 정보를 한 눈에 볼 수 있도록 시각적으로 구조화하는 것을 말한다.

## 3) 시험 당일, 이렇게 풀어보자!

### (1) 발문과 주어진 도표나 그래프를 먼저 확인하자.

보통 세부 내용 유형은 문제나 도표에 힌트가 있어요. 발문에 '~의 장점을 쓰시오', '~의 특징을 쓰시오', '할 것과 하지 말아야 할 것을 쓰시오.'라고 되어 있으면, 그 내용이 나온 부분에 집중해서 본문을 읽으면 돼요.

평소에 그래픽 오거나이저를 활용해 지문 내용을 정리하는 연습을 잘 해두면, 실제 시험에서 도표의 의미를 빠르게 파악할 수 있어요.

### (2) 중요하다고 생각되는 정보에 밑줄을 그으면서 읽자.

발문이나 표를 보고 찾아야 하는 정보가 무엇인지 확인한 후에, 본문을 눈으로 훑으며 해당 정보가 있는 문장에 밑줄을 그어 보세요. 처음에는 답에서 요구하는 것보다 많은 개수의 문장에 밑줄을 그어도 괜찮아요. 두 번째 읽을 때 밑줄이 있는 문장만 비교하며 부연 설명하는 문장은 제거하면 되니까요. 밑줄이 별것 아닌 것 같지만, 시간이 촉박할 때 단어를 빠뜨리거나, 다른 문장을 해석하는 실수를 방지할 수 있는 간단한 방법이에요.

[정보 확인] → [본문의 관련 문장에 밑줄] → [부연 설명 문장 제거] → [답안 작성]

# 4.
## 어법 문제,
### 어떻게 대비해야 하나요?

이 유형은 선택형 어법 문제가 서술형으로 나왔다고 생각하면 돼요. 여러분이 틀린 곳을 직접 고쳐야 하니 조금 더 난도가 있지요. 이 유형을 대비하기 위해서는 자주 물어보는 문법 출제 포인트를 정리해 두고, 본문을 공부할 때 한 문장 한 문장 정확히 해석하고 이해하면서 공부하세요. 이 유형의 경우 철자 오류가 있으면 오답 처리되니 답안을 쓸 때 특히 주의하세요.

이 유형은 출제 빈도가 정말 높은 유형이에요. 선택형의 문법성 판단 유형과 비슷하지만 서술형이 조금 더 어렵게 느껴지는 이유는 어법상 올바른 형태까지 써야하기 때문이에요. 그래서 많은 학생들이 싫어하고 어려워하는 유형 중 하나죠.

## 발문 예시

### 틀린 부분의 어법만 고치는 유형

- 밑줄 친 부분을 어법상 올바른 표현으로 바꿔 쓰시오.
- 다음의 밑줄 친 (A)~(D)를 어법에 맞게 각각 고쳐 쓰시오.

### 틀린 곳도 찾고 어법도 고쳐야 하는 유형

- 밑줄 친 부분 중, 어법상 틀린 것을 2개 찾아서 바르게 고치시오.

첫 번째 유형은 "고쳐야 할 부분은 알려주니까 고치는 것만 하라!"는 경우예요. 두 번째 유형은 "틀린 곳도 찾고, 고치는 것도 스스로 하라!"는 경우예요. 자, 첫 번째 유형부터 기출 문제를 살펴볼까요?

# 1) 이렇게 출제된다!

## [유형 1] 어법 문제 (틀린 부분의 어법만 고치는 경우)

---

**[주관식 2] 다음의 밑줄 친 (A)~(D)를 어법에 맞게 각각 고쳐 쓰시오.**

(6점, 각 1.5점)

### ACID

Most soda contains several types of acid. Acid is a chemical substance with a sour taste. When (A) <u>it adds</u> into water, the acid produces a sharp flavor. Acid interferes with the body's ability to absorb calcium, and as a result, bone softening occurs. Also, the acid in sodas (B) <u>interacting</u> with stomach acid, slowing digestion and blocking nutrient absorption.

### CAFFEINE

When you hear the word "caffeine," you most likely think of coffee. But some sodas, especially colas and carbonated energy drinks, also contain caffeine. Caffeine makes you (C) <u>to feel</u> more awake, but it may bring about an irregular heartbeat. A single can of cola may not affect you much, but if you consume colas regularly, they can cause you to feel more nervous and (D) <u>keep you to</u> sleeping well at night.

(A) : _____     (B) : _____

(C) : _____     (D) : _____

---

〈출처〉 2015 개정 YBM(한) 영어 / 2019년 고1 1학기 기말

중학교 때는 보통 교과서 단원별 핵심 문법을 중심으로 어법 문제가 출제됐었죠. 하지만 고등학교 내신에서는 한 지문 안에서 수 일치, 관계대명사, 분사 구문, 가정법 등등 전반적인 영어 문법 지식을 총망라해서 물어보는 경우가 많아요. 본문의 모든 문장이 어법 문제의 대상이 될 수 있다는 거죠!

이 문제는 밑줄 친 부분을 모두 어법에 맞게 고쳐 써야 해요. 그럼, 하나씩 살펴볼까요?

> **(A) it adds → it is added**
> 동사 'add'의 '태'가 잘못되었어요. "산(acid)이 물에 첨가되면"이라는 수동의 의미가 되어야 해요. 따라서 "When it(= acid) **is added** into water"라고 해야죠.

> **(B) interacting → interacts**
> 문장에 본동사가 없어요. 'interacting'은 본동사 역할을 할 수 없으니, 'interacts'라고 고쳐야 해요. 이때 주어가 3인칭 단수니까 동사에 '–s'를 붙이는 것에 유의하세요.

> **(C) to feel → feel**
> 'make'와 같은 사역동사는 목적격 보어 자리에 동사원형이 온다고 열심히 외운 것이 기억나지요? 따라서 'to feel'이 아닌 'feel'이 맞아요.

> **(D) keep you to → keep you from [keep + A + from ~ing]**
> 'A가 ~하는 것을 방해하다'라는 동명사의 관용 표현이 쓰였네요. 이런 표현은 보통 선생님이 수업하면서 "꼭 외우세요!"라고 말하는 표현들이에요. 문맥상 콜라를 자주 마시게 되면 밤에 숙면을 방해한다는 뜻이 되어야 하니까요. 전치사 'to'를 'from'으로 바꾸면 되겠죠?

이 문제의 채점 기준을 볼까요?

| 번호 | | 채점 기준 | 배점 |
|---|---|---|---|
| 2 | 정답 | (A) it is added (B) interacts (C) feel (D) keep you from | 6점 |
| | 유사 답안 | (A) added | |
| | 부분 답안 | 철자 오류 시, 부분 점수 없음 | 각 1.5점 |

(A)의 경우 접속사(when) 뒤의 '주어 + be 동사'는 생략될 수 있으니 'added'라고 써도 정답으로 인정받을 수 있어요. 이 유형의 문제는 철자가 틀리면 오답 처리되므로 철자를 실수하지 않도록 유의하세요!

## [유형 2] 어법 문제 (틀린 곳도 찾고 어법도 고치는 경우)

> **[주관식 3] 밑줄 친 ⓐ~ⓔ 중, 어법상 옳지 않은 것을 2개 찾아 그 기호를 쓴 후, 틀린 부분을 올바르게 수정하시오.** (4점, 각 2점)
>
> Luckily, John's role as chief engineer ⓐ <u>succeeded</u> his son, Washington Roebling. Because he had built bridges with his father and studied bridge construction in Europe, he believed in John's dream. At that time, the foundations for the bridge's two towers ⓑ <u>were being built</u> in the East River, which was extremely difficult and dangerous work. Workers had to stay at the bottom of the river in a waterproof box with little light and constant danger. Many died or were permanently ⓒ <u>injured</u> by a serious disease called "the bends," including Washington Roebling. In 1872, he developed this disease and was unable to move easily or ⓓ <u>visited</u> the construction sites throughout the rest of the project. Other people ⓔ <u>would have quit</u> at that point, but not Washington. He continued to supervise the bridge building for years by watching it through a telescope from his bedroom. However, there were still many things he could not do despite all his efforts. Once again, the project seemed likely to be abandoned.

| 답안<br>예시 | 기호 | 수정 후 |
|---|---|---|
| | ⓕ | asking |

| | 기호 | 수정 후 |
|---|---|---|
| 3-1) | | |
| 3-2) | | |

〈출처〉 2015 개정 능률(김) 영어 / 2018년 고1 2학기 중간

이번에는 조금 더 까다로운 두 번째 유형의 어법 기출 문제군요. 이 유형은 보통 밑줄 친 부분에서 틀린 곳을 2~3개 또는 모두 고르라는 형식으로 출제가 되지요. 틀린 부분을 찾았지만, 올바른 형태를 제시하지 못하면, 감점 또는 오답 처리가 될 수 있어요. 이 문제의 답은 ⓐ와 ⓓ예요.

그럼, 하나씩 살펴볼까요?

> ⓐ succeed → was succeeded by
> 동사에 밑줄이 있으면 '수, 시제, 태'를 살펴보라고 했죠? 여기서는 '태'를 물어보고 있네요.
> 'succeed'는 '뒤를 잇다, 계승하다'는 뜻이죠. 문맥상 'John의 역할이 그의 아들에 의해 계승됐다'라
> 는 뜻이기 때문에 수동태인 'was succeeded by'라고 고쳐야 맞아요.

> ⓓ visited → visit
> 여기는 '병렬구조'가 포인트였어요. 밑줄 친 'visited'는 문맥상 'to move'와 병렬을 이루고 있어요.
> '그가 병에 걸려서 쉽게 움직일 수도, 건설 현장에 방문할 수도 없었다'라는 의미가 되어야 하니까요.
> 여러 개의 동사가 나왔다면 문맥상 어떤 동사와 병렬인지 해석을 정확히 하면서 판단해야 해요.

이제, 이 문제의 채점 기준을 살펴볼까요?

| 번호 | 채점 기준 | | | | 배점 |
|---|---|---|---|---|---|
| 3 | 정답 | | 기호 | 수정 후 | 총 4점 |
| | | 3-1) | ⓐ | was succeeded by | |
| | | 3-2) | ⓓ | visit | |
| | | 대소문자 구분 없음 | | | |
| | 부분 답안 | 3-1) 또는 3-2) 중 하나만 맞은 경우(단, 철자 오류 시 부분 점수 없음) | | | 2점 |

이 문제도 철자가 틀리면 오답으로 처리되네요. 답안을 작성하고 반드시 검토하는 것을 잊지 말아야겠어요. 특히, 'succeed'와 같이 한 개의 철자가 중복해서 나오는 단어에서 실수로 철자를 잘못 쓰는 학생들이 참 많으니 조심하세요!

> 철자 실수에 주의하세요! 답을 쓰고 철자가 맞았는지 꼭 검토하세요.

## 2) 이렇게 공부하자!

### (1) 문법 출제 포인트를 정리하자.

선택형 어법 유형에서도 강조했듯이, 시험에서 자주 물어보는 문법 포인트가 있어요. 예를 들면 '주어 동사의 수 일치', '태(능동 / 수동)', '분사(현재분사 / 과거분사)', '관계사(관계대명사 / 관계부사)', '가정법', '도치' 등이 있어요. 이와 같은 핵심 문법의 개념이 머릿속에 잘 정리되어 있어야 시험에 나왔을 때 바로 써먹을 수 있어요.

> Q. 문법 공부를 하긴 했는데, 막상 문제에 나오면 뭘 물어보는 건지 모르겠어요.
>
> 문법 공부는 열심히 한 것 같은데, 막상 문제를 풀면 틀리는 학생들이 있어요. 이런 친구들은 아직 응용력이 부족한 거예요. 이럴 때는 실전 문제를 풀어 보세요. 어느 정도 차이는 있지만, 선생님들이 중요하게 생각하는 문법 포인트는 비슷해요. 학교 기출문제나 시험 범위에 해당하는 단원별 평가 문제를 풀어 보며 중요한 문법 포인트가 어떤 식으로 출제되는지 공부하는 것이 중요해요.
>
> 또한, 문제집을 보지 않고 자기 나름대로 문법을 정리해 보세요. 친구의 문법 질문에 답해 주는 것도 한 방법이에요. 문제집의 개념 정리를 읽을 때는 이해가 잘 되는데 내가 끄집어 내려면 잘 안 되는 경우가 있거든요. 누군가에게 설명하듯 말로 풀어내면서 적어보면 내가 정확하게 모르는 부분이 어딘지 찾을 수 있지요.

### (2) 무조건 외우기보다 이해가 먼저다.

문법이 어렵다고 무조건 본문을 외우려는 학생들이 있어요. 그런데 시험 범위가 넓기 때문에 그런 식으로 공부하면 비효율적이에요. 막상 시험에서는 기억도 나지 않고 헷갈리고요. 물론 여러분은 외우는 게 효율적이라고 생각할 수도 있겠지만, 이해하지 않고 외우게 되면 본문이 조금만 변형되어 나와도 틀리게 되지요. '왜 이 부분에 이렇게 사용했지?'라고 의문이 생기면 선생님이나 주변 친구들에게 물어봐서 이해를 하고 넘어가는 습관을 지니세요.

## 3) 시험 당일, 이렇게 풀어보자!

### (1) 철자와 어형 변화에 유의하자.

다른 서술형 유형도 답안을 적을 때 철자와 어형 변화에 유의해야 하지만, 어법 문제의 경우 철자와 어형 변화를 더욱 꼼꼼히 확인하고 답안을 적어야 해요. 다른 유형에서는 철자 실수로 감점이 될 수 있지만, 어법 유형에서는 철자 실수가 오답 처리로 바로 이어지는 경우가 많아요. 답안을 작성하고 반드시 철자와 어형을 다시 한 번 확인 하세요.

평소 철자 실수가 잦다면 어떻게 해야 할까요? 철자가 복잡하거나 불규칙적으로 변하는 단어들이 나오면 잘 표시해서 따로 시간을 들여 외워야 해요. 이때 눈으로만 외우지 말고 직접 여러 번 반복해서 써 보면서 공부하는 게 기억에 오래 남아요. 그리고 시험 범위에 나오는 동사 중 불규칙 동사의 변화형은 꼭 외워두세요. 막상 시험에서 당황해서 정확한 철자가 생각나지 않을 수 있거든요.

### (2) 밑줄 친 부분의 품사와 문장에서의 역할을 따져 보자.

간혹 어법 문제를 해석으로만 풀려는 학생들이 있어요. 물론 해석을 해서 답이 쉽게 나오는 문제도 있지만, 대부분은 해석만으로는 쉽게 풀리지 않아요. 밑줄 친 부분의 품사라던가 문장 내에서의 역할이나 구조를 따져 보는 과정이 반드시 있어야 해요. 다음 문장을 예로 들어볼게요.

> The child made me <u>happily</u>. (X)
> ⌐, happy (O)

이 문장을 우리말로 해석해 볼까요? '그 아이가 나를 행복하게 만들었다.' 우리말로 해석하면 문제가 없어 보이죠? 우리말로는 문제가 없어 보이지만, 밑줄 친 단어 'happily'가 문장에서 '목적격 보어'라는 것과 이 단어의 품사가 '부사'라는 것을 생각하면 잘못된 문장이라는 것을 알 수 있어요. 영어에서는 목적격 보어 자리에 부사가 올 수 없거든요. 따라서 형용사 'happy'라고 고쳐야 올바른 문장이에요.

문장 구조를 분석한다는 것은 물론 쉬운 일은 아니에요. 영어 문법에 대한 기본 지식이 있어야 가능하거든요. 만약 기초가 부족해서 어법 문제가 어렵게만 느껴진다면 방학이나 중간고사가 끝난 기간 등을 이용해서 문법 기본서나 기본 강의를 듣고 기초 문법 지식을 차근차근 쌓아보세요. 늦었다고 생각할 때가 가장 빠른 때라는 것을 잊지 마세요!

## Tip. 불규칙 동사 변화표

### ▶ A－B－C 형 (원형, 과거형, 과거분사형이 각각 다른 형)

| 원형 | 과거형 | 과거분사형 |
|---|---|---|
| be (am, is) | was | been |
| be (are) | were | been |
| bear (낳다) | bore | born |
| begin (시작하다) | began | begun |
| bite (물다) | bit | bitten |
| blow (불다) | blew | blown |
| break (깨다) | broke | broken |
| choose (선택하다) | chose | chosen |
| do (하다) | did | done |
| draw (그리다) | drew | drawn |
| drink (마시다) | drank | drunk(en) |
| drive (운전하다) | drove | driven |
| eat (먹다) | ate | eaten |
| fall (떨어지다) | fell | fallen |
| fly (날다) | flew | flown |
| forget (잊어버리다) | forgot | forgotten |
| freeze (얼리다) | froze | frozen |
| give (주다) | gave | given |
| go (가다) | went | gone |
| grow (기르다, 자라다) | grew | grown |
| hide (숨다) | hid | hidden |
| know (알다) | knew | known |
| lie (눕다, 놓여있다) | lay | lain |
| ride (타다) | rode | ridden |
| ring (울리다) | rang | rung |
| rise (떠오르다) | rose | risen |
| see (보다) | saw | seen |
| shake (흔들다) | shook | shaken |
| show (보여주다) | showed | shown |
| sing (노래하다) | sang | sung |
| speak (말하다) | spoke | spoken |
| swim (수영하다) | swam | swum |
| take (얻다, 가지고 가다) | took | taken |
| tear (찢다, 눈물 흘리다) | tore | torn |
| throw (던지다) | threw | thrown |
| wear (입다) | wore | worn |
| write (쓰다) | wrote | written |

## ▶ A − B − B 형 (과거형과 과거분사형이 같은 형)

| 원형 | 과거형 | 과거분사형 |
|---|---|---|
| bring (가져오다) | brought | brought |
| build (세우다) | built | built |
| buy (사다) | bought | bought |
| catch (잡다) | caught | caught |
| dig (파다) | dug | dug |
| feed (먹이를 주다) | fed | fed |
| feel (느끼다) | felt | felt |
| fight (싸우다) | fought | fought |
| find (찾다, 발견하다) | found | found |
| get (얻다) | got | got(ten) |
| hang (걸다, 매달다) | hung | hung |
| have (가지다) | had | had |
| hear (듣다) | heard | heard |
| hold (잡다, 개최하다) | held | held |
| keep (지키다, 유지하다) | kept | kept |
| lay (놓다) | laid | laid |
| lead (이끌다) | led | led |
| leave (떠나다) | left | left |
| lend (빌리다) | lent | lent |
| lose (잃다, 지다) | lost | lost |
| make (만들다) | made | made |
| mean (의미하다) | meant | meant |
| meet (만나다) | met | met |
| pay (지불하다) | paid | paid |
| say (말하다) | said | said |
| sell (팔다) | sold | sold |
| send (보내다) | sent | sent |
| sit (앉다) | sat | sat |
| sleep (자다) | slept | slept |
| spend (쓰다, 소비하다) | spent | spent |
| strike (때리다, 치다) | struck | struck |
| teach (가르치다) | taught | taught |
| tell (말하다) | told | told |
| think (생각하다) | thought | thought |
| understand (이해하다) | understood | understood |
| win (이기다) | won | won |
| wind (감다) | wound | wound |

## ▶ A - B - A 형 (원형과 과거분사형이 같은 형)

| 원형 | 과거형 | 과거분사형 |
|---|---|---|
| become (~이 되다) | became | become |
| come (오다) | came | come |
| run (달리다) | ran | run |

## ▶ A - A - A 형 (원형, 과거형과 과거분사형이 같은 형)

| 원형 | 과거형 | 과거분사형 |
|---|---|---|
| cost (비용이 들다) | cost | cost |
| cut (자르다) | cut | cut |
| hit (치다) | hit | hit |
| hurt (다치다) | hurt | hurt |
| let (시키다) | let | let |
| put (놓다) | put | put |
| read (읽다) | read | read |
| set (설치하다) | set | set |
| shut (닫다) | shut | shut |

# 5.
# 지칭 추론 문제,
## 어떻게 대비해야 하나요?

이 유형은 선택형 지칭 추론 문제와 유사해요. 차이가 있다면, 선택형은 사람을 구분하는 문제가 많이 출제되는 반면, 서술형에서는 상황이나 의미하는 바를 써야 하는 문제가 많이 출제되지요. 평소 본문을 해석할 때 대명사가 나오면 그것이 무엇을 가리키는지 확인하며 읽는 연습이 도움이 되지요. 정확한 답안을 작성하려면 대명사가 가리키는 부분이 어디부터 어디까지인지 알아야 해요. 문장의 구조를 파악하는 데 어려움이 있다면 평소에 끊어 읽기와 문장 구조 분석을 연습해 두세요.

선택형 문제에도 지칭 추론 문제가 있었지요? 'He', 'She,' 'They'가 누구를 가리키는지 묻는 문제는 주로 선택형으로 출제돼요. 그런데 대명사가 반드시 사람만 가리키는 것은 아니에요. 앞에 나온 구나 절을 가리킬 수 있죠. 그럴 때는 서술형으로 많이 출제되지요. 이런 문제는 글을 읽을 때, 문장 간의 유기적 관계를 이해하며 읽는지 확인하려는 유형이에요.

## 발문 예시

지칭하는 것을 본문에서 찾아 쓰는 경우
- 밑줄 친 (A)it이 의미하는 바를 본문에서 찾아 3개의 연속되는 단어로 쓰시오.
- 다음 밑줄 친 (A)와 (B)가 지칭하는 구체적인 내용을 본문에서 찾아 그대로 쓰시오. (단, 문맥에 맞게 수정할 것)

지칭하는 것을 우리말로 쓰는 경우
- 밑줄 친 this가 가리키는 내용을 우리말로 적으시오.
- 다음 글을 읽고 밑줄 친 that approach가 가리키는 내용을 구체적으로 21자 내외의 우리말로 쓰시오. ('그것'과 같은 추상적인 말은 쓰지 말 것)

# 1) 이렇게 출제된다!

## [유형 1] 지칭 추론 (본문에서 찾아 쓰는 경우)

### ※ 다음 글을 읽고 물음에 답하시오 [6, 서 4]

No one likes to think they're average or below average. When asked by psychologists, most people rate themselves above average on all manner of measures including intelligence, looks, health, and so on. Selfcontrol is no different: people consistently overestimate their ability to control themselves. This overconfidence in self-control can lead people to assume they'll be able to control themselves in situations in which, it turns out, they can't. This is why trying to stop an unwanted habit can be an extremely frustrating task. Over the days and weeks from our resolution to change, we start to notice (A) it popping up again and again. The old habit's well-practiced performance is beating our conscious desire for change into submission.

### 서답형 4 – 서술형

**밑줄 친 (A) it이 의미하는 바를 본문에서 찾아 3개의 연속되는 단어로 쓰시오.**

(3점)

_____

〈출처〉 인천광역시교육청 2018년 9월 고1 모의고사 / 2018년 고1 2학기 중간

　이 책 앞부분에서 대명사는 바로 앞이나 앞 문장에 나온 정보를 지칭한다고 했던 것, 기억나세요? 여기서도 마찬가지예요. 대명사가 사용된 문장, 그 앞 문장 등 대명사가 사용된 곳에서 가까운 곳부터 찾아보세요. 이 문제는 원래 글의 순서를 묻는 모의고사 문제였는데 서술형으로 변형되어 출제되었네요.

　이 지문은 '모든 사람이 모든 면에서 자신을 평균 이상이라고 생각하는데, 자기 조절 능력까지도 평균 이상이라고 생각하기 때문에 원하지 않는 버릇을 고치기 어렵다'는 내용이에요. (A) it이 포함된 문장을 보면, 바뀌겠다고 결심한 후 시간이 지나자 'it'이 자꾸 튀어 나온다고 되어 있네요. 'it'이 지칭하는 것을 '3개의 연속되

는 단어'로 쓰라는 조건이 있었죠? 문맥상 'it'은 바로 앞 문장에 있는 'an unwanted habit'이네요. (A)가 포함된 문장을 잘 해석할 수 있다면 금방 풀 수 있었겠어요.

이제, 채점 기준을 살펴볼까요?

| 번호 | | 채점 기준 | 배점 |
|------|------|-----------|------|
| 서 4 | 정답 | an unwanted habit | 3점 |
| | 부분 답안 | 철자 오류 | −1점 |
| | | an을 빠뜨린 경우 | −1점 |

철자를 잘못 쓰거나 관사 'an'을 빠뜨린 경우 각각 1점씩 감점을 하네요. 보고 쓰는 것이니 이런 사소한 실수는 하지 않도록 하세요.

지칭 추론 문제는 주로 그 앞부분에 답이 있어요.

## [유형 2] 지칭 추론 (우리말로 쓰는 경우)

---

**※ 다음 글을 읽고 물음에 답하시오.** [서답형 2, 11]

Getting in the habit of asking questions transforms you into an active listener. This practice forces you to have a different inner life experience, since you will, in fact, be listening more effectively. You know that sometimes when you are supposed to be listening to someone, your mind starts to wander. All teachers know that <u>this</u> happens frequently with students in classes. It's what goes on inside your head that makes all the difference in how well you will convert whatyou hear into something you learn. Listening is not enough. If you are constantly engaged in asking yourself questions about things you are hearing, you will find that even boring lecturers become a bit more interesting, because much of the interest will be coming from what you are generating rather than what the lecturer is offering. When someone else speaks, you need to be thought provoking!

---

### 서답형 2 – 서술형

밑줄 친 <u>this</u>가 가리키는 내용을 <u>우리말</u>로 적으시오.

_____

〈출처〉 부산광역시교육청 2018년 6월 고2 모의고사 / 2019년 2학년 2학기 중간

이 문제는 앞의 문제처럼 가리키는 내용을 찾되, 우리말로 쓰라는 것이에요. 잘 찾았는데 해석을 잘못하면 틀리는 억울한 상황이 발생할 수 있는 문제이지요. 이 문제는 원래 어법에 맞는 표현을 찾는 모의고사 문제였는데 서술형으로 바꾸어서 출제되었네요.

우선 'this'가 포함된 문장을 보면, '학급에 있는 학생들에게 this가 자주 일어난다'고 해석되죠? 이제 그 앞 문장을 살펴보면, 학생들이 할 만한 행동이 나오네요. 바로 'sometimes when you are supposed to be listening to someone, your mind starts to wander'이죠. 이처럼 밑줄 친 부분이 가리키는 것은 주로 가까운 곳에 있어요.

이제 채점 기준을 살펴볼까요?

| 번호 | 채점 기준 | | 배점 |
|---|---|---|---|
| 서 2 | 정답 | 누군가의 말을 듣기로 되어있을 때, 당신의 마음이 산만해지는 것 | 4점 |
| | 부분 답안 | 다른 사람이 하는 말을 듣지 않고, 산만해지는 것 | 3점 |
| | | '누군가의 말을 듣기로 되어있을 때'만 맞은 경우<br>'당신의 마음이 산만해지는 것'만 맞은 경우 | 2점 |

답안을 구체적으로 쓰지 않은 경우 1점이 감점되네요. '마음이 산만해지다'라고 써야 하는데, 그냥 '산만해지다'라고만 쓰면, 마음을 말하는 것인지, 행동을 말하는 것인지 알 수가 없어서 감점되는 것이죠. 본문의 문장을 우리말로 번역해서 쓸 때는 반드시 구체적이고 정확하게 해석해야겠죠? when절 또는 주절만 올바르게 쓴 경우, 부분 점수가 있네요. 'this'가 무엇을 가리키는 것인지 찾은 것에 대해 부분 점수를 부여하네요.

선생님들은 채점할 때 정답지에 쓴 것만 보고 채점해요. 학생들이 어떤 의도로 이런 답을 작성했는지 예측하면서 채점을 할 수는 없어요. 그러니 답을 쓸 때는 정확하고 구체적으로 정답지에 쓰세요. 그리고 영어를 못한다고 서술형 문제는 읽어보지도 않고 포기하는 학생이 있는데, 절대 그러지 마세요. 서술형 문제는 푼만큼 점수를 주려는 후한 마음으로 출제하는 문제니까요.

## 2) 이렇게 공부하자!

### (1) 본문을 해석할 때 대명사가 지칭하는 것이 무엇인지 확인하자.

영어는 앞에 언급한 명사(구)가 반복되는 경우, 적절한 대명사로 해당 명사(구)를 대체해요. 문장의 'it', 'they', 'that', 'those', 'one' 등을 단순히 '그것/그것들'이라고 대충 이해하고 넘어가면, 정확한 의미를 놓칠 수 있어요. 평소 독해할 때 이런 대명사가 앞에 어떤 명사(구)를 대신했는지 반드시 확인하고 표시하는 습관을 들이세요.

Q. **명사구가 '사과' 같은 구체적인 물체가 아닌데, '복수'라니요?**
명사구의 중심이 되는 명사를 먼저 확인해 보세요. 다음 예문에서 'they'가 가리키는 것은 무엇일까요?

> These explanations of unemployment issue are not mutually exclusive; in fact they support each other.

앞에 나온 'These explanations of unemployment issue'이죠. 이 명사구의 중심이 되는 명사 'explanations'가 복수형인 것을 확인했나요? 그래서 'it'이 아니라 'they'로 쓴 것이에요.

### (2) 문장의 구조를 분석하는 연습을 하자.

문장의 주어가 어디까지인지, 명사구가 어디까지인지 모른다면, 이 문제를 풀기 어려워요. 주어, 목적어, 보어, 명사구, 전치사구 등과 같은 문법 용어는 모르더라도 끊어 읽기 정도는 할 수 있어야 해요. 앞에서 제시한 문장의 구조(p.140)를 참고해서 문장을 분석하는 연습을 해보세요.

### (3) 음성 파일을 들으며, 끊어 읽기를 해보자.

교과서 음성 파일을 내려 받아서 교과서 본문을 눈으로 보면서 들어 보세요. 원어민이 읽다가 잠깐 멈출 때, 즉 'pause'가 느껴질 때 끊어 읽기 표시(/)를 해 보세요. 익숙해지면 혼자 끊어 읽기 표시를 하고, 음성 파일을 들으며 맞게 했는지 비교해 보세요. 이 훈련을 꾸준히 하면, 자연스럽게 의미 단위가 어디에서 끊기는지 감이 생길 거예요.

교과서는 각 출판사 사이트, 수능 교재는 EBS 홈페이지(www.ebsi.co.kr)에서 음성 파일을 무료로 내려 받을 수 있어요.

## 3) 시험 당일, 이렇게 풀어보자!

### (1) 서술형 문제의 요구 사항을 정확히 알고 풀자.

답안 작성할 때 한글로 써야 하는지, 영어로 써야 하는지, 영어로 쓴다면 본문에서 찾아 그대로 쓰는 것인지, 변형해서 문맥과 문장의 구조에 맞게 써야 하는지를 확인한 후 답안을 작성하세요.

### (2) 지시 대명사의 앞쪽 부분에서 지칭 대상을 찾아보자.

지시 대명사는 앞에 나온 것을 반복할 때 사용해요. 지시 대명사가 가리키는 것은 주로 그 앞쪽에 나와요. 따라서 지시 대명사 앞쪽에서 지칭 대상을 찾는 것이 시간 절약에도 도움이 되지요.

### (3) 밑줄 친 단어의 수와 품사에 유의하자.

밑줄 친 단어 자체가 큰 힌트를 준답니다. 밑줄 친 단어가 it, this, that과 같이 단수형인지, these, those, them과 같이 복수형인지 확인하고, 그에 맞는 명사(구)를 찾으면 후보군이 좁아질 거예요.

### (4) 철자와 단어를 제대로 썼는지 확인하자.

본문에서 찾아 쓰는 경우 답안이 긴 경우가 많아요. 그래서 서두르다 보면 단어 한두 개를 건너뛰고 옮기거나, 철자를 틀리게 옮기는 안타까운 경우도 있어요. 답안을 작성한 후 철자나 단어가 본문과 일치하는지 확인하세요!

[유의 사항] it에 밑줄이 있다고 해서 모두 지칭 문제가 아니에요!

지칭 문제는 보통 it, this, that, those, these, them 등에 밑줄이 있고, 그것이 가리키는 것을 찾는 것이죠. 그런데 이와 비슷한 문법 문제가 있어요. '가주어와 가목적어'라는 말을 들어본 적 있죠?

• <u>It</u> is difficult <u>to be totally honest to oneself.</u>
  가주어

• My mother made <u>**it**</u> clear <u>that I should be home by 8pm.</u>
                    가목적어

주어나 목적어가 길어서 그 자리에 'it'을 대신 넣고 원래의 구문을 문장의 뒤로 보내는 경우를 말해요. 이런 문장에서 'it'에 해당하는 의미를 찾으라고 하면, 진주어, 진목적어를 찾아 써야 해요. 지칭 문제와 문법 문제를 혼동하지 마세요.

## [Think back!]

여러분의 기억을 되살리는 차원에서 지시 대명사와 인칭 대명사를 다시 한 번 정리해 두었으니 참고하세요.

### 지시 대명사

지시 대명사는 특정한 사물이나 사람을 가리킬 때 쓰는 말로, 위치나 거리에 따라서 가까이 있다면 'this / these'로, 멀리 있다면 'that / those'를 사용하죠.

| 단수 | 복수 |
|------|------|
| this | these |
| that | those |
| it | they |

### 인칭 대명사

사람을 가리키는 인칭 대명사는 문장에서 주어나 목적어 역할을 할 때 또는 소유의 의미를 나타낼 때 단어 형태가 달라져요.

| 인칭 | | 주격 | 소유격 | 목적격 | 소유 대명사 |
|------|------|------|--------|--------|-------------|
| 1인칭 | 단수 | I | my | me | mine |
| 2인칭 | 단수 | you | your | you | yours |
| 3인칭<br>(단수) | 남성 | he | his | him | his |
| | 여성 | she | her | her | hers |
| | 중성 | it | its | it | — |
| 1인칭 | 복수 | we | our | us | ours |
| 2인칭 | 복수 | you | your | you | yours |
| 3인칭 | 복수 | they | their | them | theirs |

# 6.
# 주장·요지 쓰기 문제,
## 어떻게 대비해야 하나요?

이 유형은 지문을 읽고 필자의 주장이나 글의 요지를 우리말로 서술하는
문제가 주로 출제돼요. 평소 시험공부 할 때 글의 주제나 요지가 드러나는
부분에 밑줄을 긋고 여러 번 읽어보는 게 도움이 되지요. 그리고 주장이나
요지를 정리해서 직접 써 보는 연습을 하면 효과적이에요.

이번에 살펴볼 유형은 주장이나 요지 쓰기 유형이에요. 보통 우리말로 답을 쓰는 문제가 출제되지만, 출제 빈도는 높지 않아요. 물론 난도를 올려 영어로 답을 쓰라고 요구할 수도 있지만, 이렇게 출제하면 대다수 학생이 문제를 포기하는 사태가 벌어질 수도 있어요. 선생님 입장에서도 채점하기가 만만치 않아요. 그래서 보통 우리말로 쓰라고 하는 것이죠.

## 발문 예시

- 다음 글의 필자가 주장하는 바를 20자 이내의 우리말로 서술하시오.
- 다음 글을 읽고, 이 글의 요지를 25자 이내의 우리말로 서술하시오.
  ('대체 에너지, 지속 가능 발전'이라는 단어는 반드시 포함시킬 것)

위의 발문처럼 글자 수 조건 외에는 별다른 조건이 없는 경우도 있고, 특정 단어를 반드시 포함해야 할 수도 있어요.

## 1) 이렇게 출제된다!

> **[서술형 1] 다음 글을 읽고, 이 글의 요지를 15자 이내의 우리말로 서술하시오.**
> (3점)
>
> Since I'm a very successful woman and a mother with three children, many people ask me, "How do you do it all? How do you become successful at your job while having a family?" Now I'm going to give you an entirely honest answer: I don't. Whenever I'm succeeding in one area of my life, I'm failing in another area. If I'm writing really exciting stories for television, I'm not spending enough time with my children. If I'm enjoying a family holiday with my children, I'm not finishing the script that I should. If I'm succeeding at one, I'm inevitably failing at the other. This happens with all truly successful people. It will happen to you when you become successful. We all achieve one thing by failing to achieve something else. Anyone who tells you they are doing it all perfectly is a liar.
>
> → _____

〈출처〉 2015 개정 YBM(한) 영어 / 2018년 1학년 1학기 중간

이 문제는 교과서에서 출제되었어요. 원래 지문에는 맨 앞에 'My third lesson is this : Accept that you cannot do everything.'라는 문장이 있었어요. 이 문장을 보면 주제를 금방 알 수 있기 때문에 그 부분만 지우고 출제한 것이죠.

하지만 삭제한 문장 말고도 주제를 파악할 수 있는 문장은 많이 있어요. 예를 들면, 'Whenever I'm succeeding in one area of my life, I'm failing in another area. (내가 인생의 한 분야에서 성공할 때마다, 다른 분야에서는 실패한다.)' 또는 'We all achieve one thing by failing to achieve something else. (우리는 모두 무언가에 실패함으로써 한 가지를 성취한다.)' 이러한 문장들을 종합하면, '모든 분야의 일을 다 잘할 수는 없다.'는 것이 요지임을 알 수 있겠죠?

이제, 채점 기준을 살펴볼까요?

| 번호 | | 채점 기준 | 배점 |
|---|---|---|---|
| 서 1 | 정답 | 모든 분야의 일을 다 잘 해낼 수는 없다.<br>(= 모든 일을 다 성공할 수는 없다) | 3 |
| | 유사 답안 | '모든 분야의 일을 다 잘 해낼 수는 없다'는 의미를 포함하여 서술한 경우 | 3 |
| | 부분 답안 | '모든 분야의 일을 다 잘 해낼 수는 없다'는 의미는 포함하였지만, 그 외에 글의 요지에 어긋나는 내용을 포함하여 서술한 경우 | 1.5 |

우리말로 답을 쓰니까 철자를 잘못 써서 감점될 걱정은 없지만, 핵심을 벗어난 내용을 쓴다거나 요지에 어긋나는 내용이 포함되면 감점될 수 있어요. 이런 문제는 채점 기준에 제시된 정답과 달라도 전체적 맥락이 유사하면 정답으로 인정받을 수 있어요.

주장이나 요지는 글의 일부가 아닌 전체를 포괄하는 내용을 써야 해요!

## 2) 이렇게 공부하자!

### (1) 각 지문의 주제나 요지를 정리하자.

이 유형은 요지가 명확히 드러나는 지문에서 출제되지요. 평소 시험공부를 할 때 주장이 잘 드러나는 부분에 밑줄을 긋고, 주장이나 요지를 정리해서 직접 써 보세요. 머리로 이해하고 넘어가는 것과 실제 내 손으로 써보는 것은 차이가 있거든요. 시험을 치를 때는 시간에 쫓겨 정신없이 답을 쓰다 보면 내용이 부족하거나 어색한 문장이 될 수도 있어요.

주제: 나보다 어려운 이웃이 많으니까 이기적으로 행동하지 말자.

My second lesson is this: Don't be self-centered. Right after graduation, you may have the worst days of your lives. But don't act like you're the most miserable person in the world, because you are not. We are already a lot luckier than most people on the earth. We live in the country where we are free to speak our own mind and most people believe that everyone should be treated equally regardless of gender or race.

In some parts of the world, girls are harmed simply because they want to get an education. Slavery still exists. Children still starve to death. Even in the United States, there are countless people who are living much more difficult lives than we can ever imagine. Crime and violence are part of the everyday lives of these people. So before you complain, remember that you have been given a gift. Your whole life so far has been a gift. It's time to pay for it by doing something for the world.

〈출처〉 2015 개정 YBM(한) 영어

### (2) 필자의 주장이 잘 표현된 부분을 공부해 두자.

명령이나 강조 구문을 이용한 문장은 필자의 주장이 잘 담겨 있으니 조금 더 집중해서 읽어보세요!

## 3) 시험 당일, 이렇게 풀어보자!

### (1) 시험 지문의 요지나 주장이 드러나는 부분에 밑줄을 치세요.

지문을 읽을 때, 요지나 주장이 잘 드러나는 부분에 밑줄을 치며 읽어 보세요. 주장을 뒷받침하는 예시 문장이나 지나치게 세부적인 내용은 넘어 가세요. 하지만 요지나 주장은 글의 내용 전체를 포괄해야 한다는 사실을 명심하세요. 그런 다음 밑줄 친 내용을 종합해서 글의 요지를 작성하세요. 문제 조건에 특정 단어를 포함하라고 한 경우, 빠뜨리지 않았는지 다시 한 번 확인하세요.

### (2) 주제를 나타내는 신호에 주목하세요.

주제를 찾기 어렵다면 앞쪽에서 언급했던 요지나 주장이 드러나는 표현에 주목해 보세요. 연결어에 주목하는 것도 한 가지 방법이에요. 연결어마다 주목해서 봐야 할 지문의 위치가 달라요. 예시의 연결어 for example 또는 for instance는 보통 바로 앞에 요지가 나오지요. 반면, 역접의 연결어 however는 뒷부분에 요지가 나오는 경우가 많아요. 결론을 이끄는 therefore, in short, in a word, in brief 등의 연결어 뒤에는 당연히 결론이 나오니까 뒤쪽을 더 주의해서 봐야겠죠?

# 7.
# 그 밖의 문제 유형,
## 어떻게 대비해야 하나요?

지금까지 다룬 문제 유형 두 가지가 섞여 출제될 수 있어요. 그밖에 더 참신한 유형이 출제될 수도 있지요. 하지만 겁먹지 마세요. 각각의 유형을 풀어낼 수 있다면 두 가지가 섞여 출제되어도 풀 수 있어요. 단, 실수하지 않도록 유의해야 할 부분이 많겠지요. 서술형에서는 문법에서 감점되므로, 평소 문법 형식을 잘 정리해 두고, 목표 문법을 활용해 영어 문장을 많이 만들어 보세요. 기초가 부족한 친구들은 구문 독해부터 해보세요. 문장을 구조에 따라 끊어 해석하는 연습을 하다 보면, 문장을 쓸 때도 도움이 돼요.

서술형 문제는 선택형 문제보다 좀 더 참신한 유형이 많아요. 보통 독해와 문법 두 가지 영역이 섞여 출제되기도 하고, 두 개의 다른 내용의 글을 읽고 답안을 작성해야 하는 문제가 출제되기도 하지요. 발문 예시에 있는 첫 번째, 두 번째 문제가 전자에 해당되지요. 본문 내용을 제대로 이해하고 있고, 목표 문법도 정확하게 활용할 수 있는지를 알아보기 위한 문제예요. 발문 예시의 세 번째 문제는 후자에 해당돼요. 두 개의 글이 융합된 것으로, 글의 내용을 완벽히 이해하고, 이를 새로운 곳에 적용할 수 있는지 알아보기 위한 문제예요.

## 발문 예시

- 다음 글에서 평소에 Oliver가 일반 바지를 입을 때마다 겪는 어려움이 무엇인지 찾아, unless를 활용하여 쓰시오. (단, 현재 시제로 쓸 것)
- 위 글을 읽고, 경영대학원생이 협동 활동을 잘 수행하기 위해서 <u>하지 말았어야 했던 것</u> 두 가지를 완전한 문장으로 적으세요. (단, should, they, have를 반드시 활용할 것)
- 글 (A)의 유치원생들 행동 양식은 Wujec이 언급한 세 종류의 사람 중 누구와 유사한지, 어떤 면이 유사한지, 글(B)에서 찾아 빈칸에 적절한 말을 넣어 완성하시오.

## 1) 이렇게 출제된다!

※ 다음 글을 읽고 물음에 답하시오. [21-24. 서 9]

(A) My middle child, Oliver, was born with a rare form of muscular dystrophy, or MD. MD affects his muscle strength and distorts his body, and makes everyday life more (a) challenging / comfortable than most. From the time he could walk, which wasn't until about two and a half, he had to wear leg braces for (b) agility / stability .

(B) Oliver had to endure stares, and so ①did I. But my husband Greg and I told him that ②no matter what, he was just like everybody else. But everyday tasks for Oliver that we all ③take it for granted were really difficult. His form of MD does not affect his brain. It means he's (c) aware / uncertain of his shortcomings. The daily act of dressing yourself was a constant reminder of ④what he could and could not do.

(C) Oliver wore sweatpants every day: to school, to parties, on vacations. For special occasions, he would wear regular pants. But many times, because he couldn't manage the button and zipper, I, as a mother, would have to take him to the restroom. It was very ⑤embarrassing for him and the other men that were in the restroom.

### 서답형 9 - 서술형

**위 글로 보아 평소 Oliver가 일반 바지를 입을 때마다 겪는 어려움이 무엇인지 찾아, unless를 활용하여 쓰시오. (단, 현재 시제로 쓸 것)** (6점)

_____

_____

〈출처〉 부교재 / 2018년 고1 1학기 중간

이 문제는 학교 자체 부교재에서 출제된 것이네요. 부교재라고 해도 이미 수업 시간에 다룬 내용이니 배운 내용이에요. 교과서를 보면 'unless'와 미래 동사 'will'을 사용하는 것이 목표 문법이었다는 것을 알 수 있어요.

그런데 문제를 보면 'unless'를 활용해 쓰라고 되어 있고, 조건에 현재 시제로 쓰라고 되어 있어요. 'will'을 사용하지 말라는 것이죠. 조건에 유의하면서 말하는 내용이 어디에 나오는지 본문에서 찾아야겠어요.

문제에서 바지를 입을 때마다 겪는 어려움을 찾으라고 되어 있네요. (C)를 보면 '단추와 지퍼를 쓸 수 없어 엄마가 화장실에 데려가야 한다'는 내용이 있어요. 이를 활용해 쓰면 되겠네요. 'unless'를 활용해야 하니, 지문의 문장을 그대로 쓰면 안 되겠죠? 'Unless his mom helps[is with] him, Oliver cannot manage his zippers and buttons and cannot go to the restroom.'이라고 쓸 수 있겠네요.

이제, 채점 기준을 살펴볼까요?

| 번호 | | 채점 기준 | 배점 |
|---|---|---|---|
| 서 9 | 정답 | • Unless his mom helps[is with] him, Oliver cannot manage his zippers and buttons and cannot go to the restroom. | 6점 |
| | 유사 답안 | • Unless my mom helps me, I cannot manage my zippers and buttons and cannot go to the restroom.<br>• Oliver가 겪는 어려움을 하나만 쓴 경우 | 6점 |
| | 부분 답안 | • 복수형 s, 3인칭 s가 빠질 때마다<br>• 시제를 과거로 쓴 경우<br>• 한 단어의 스펠링이 틀릴 때마다<br>• cannot 대신 will not be able to를 쓴 경우 | −0.5 점 |
| | | • 한 단어가 빠질 때마다<br>• 군더더기 단어가 포함될 때마다 | −1점 |
| | | • 모두 맞게 작성했으나 cannot 대신에 will not을 쓴 경우 | −2점 |
| | | • not만 빠진 경우 | 4점 |

부분 답안을 보면, 복수 명사임을 나타내는 −s와 3인칭 단수 주어 다음에 오는 −s가 없을 때는 사소한 실수로 보고 0.5점이 감점되고, 한 단어를 빠뜨릴 때마다 1점이 감점되네요. 그러나 not이 빠지면 내용이 완전히 틀리니 문법이 완벽해도 2점이 감점되네요. 문법보다는 의미가 좀 더 중요하다는 것을 알 수 있어요.

자, 이번에는 두 개의 글이 융합된 기출 문제를 살펴볼까요?

---

**서답형 8**

글 (A)의 유치원생들 행동 양식은 Wujec이 언급한 세 종류의 사람 중 1) 누구와 유사한지 (2점), 2) 어떤 면이 유사한지 (4점), 글 (B)에서 찾아 빈칸에 적절한 말을 넣어 완성하시오. (6점)

(A) I have done tower−building activity with various groups of people. There are a number of people who have a lot more "uh−oh" moments than others, and among the worst are recent graduates of business school. They lie, they cheat, they get distracted so they produce really lame structures. And of course there are teams that have a lot more "ta−da" structures, and among the best are recent graduates of kindergarten. As Peter tells us, not only do they produce the tallest structures, but they're the most interesting structures of them all. So the question you want to ask is: How come? Why? What is it about them? They don't spend time jockeying for power. What kindergarteners do differently is that they start with the marshmallow, and they build prototypes, successive prototypes, always keeping the marshmallow on top, so they have multiple times to fix when they build prototypes along the way. Designers recognize this type of collaboration as the essence of the iterative process. And with each version, kids get instant feedback about what works and what doesn't work, and reflect the feedback.

(B) Wujec noticed that the best teams have three different kinds of people in them: experts, organizers, and experimenters. The experts know how to build strong structures. For example, they tape the spaghetti into small triangle shapes because triangles are stable. The organizers know how to plan a project. They help the team complete the project on time. The experimenters build lots of different towers. They try different prototypes until they find the right one.

---

Among the three kinds of people Wujec mentioned, the behavior of kindergarteners graduates were similar to 1) _____. When their first try didn't succeed, kindergarteners and 1) _____ both tried to find the answer by 2) _____.

---

〈출처〉 부교재 / 2019년 고1 2학기 기말

이 문제는 두 개의 글을 정확히 이해하고 적용해서 답안을 작성해야 하는 문항이에요. 글 (A)에서 유치원생들의 행동 양식을 파악할 수 있는 내용이 후반부에 나오네요. 'they build prototypes, successive prototypes ~, they have multiple times to fix ~'의 내용으로 보아 반복적으로 디자인을 변경해가며 탑을 쌓은 것을 확인할 수 있어요. 이제 이런 행동 특징을 가진 사람을 글 (B)에서 찾아야 해요.

글 (B)에서 experimenter에 해당하는 사람이 탑을 계속 많이 만들었다(~ build lots of different towers. They try different prototypes until they find the right one.)고 언급되어 있어요. 이제 찾은 답을 어법에 맞게 넣기만 하면 되겠네요.

그럼 채점 기준을 살펴볼까요?

| 번호 | | 채점 기준 | 배점 |
|---|---|---|---|
| 서 8 | 정답 | 1) experimenters | 2점 |
| | | 2) building lots of different towers<br>또는 trying different prototypes until they find the right one | 4점 |
| | 유사<br>답안 | 2) building lots of different towers until they find the right one | 4점 |
| | 부분<br>답안 | 1) experimenter, an experimenter | 1점 |
| | | 2) building/trying만 다른 형태로 쓴 경우 | 3점 |
| | | 1), 2) 철자 오류가 있는 경우 단어 하나 당 | −1점 |
| | | 2) 누락한 단어 하나 당 | −1점 |

1)의 경우 한 단어를 쓰는 것인데도 s를 누락하거나 철자가 틀린 경우 1점을 받을 수 있네요. 2)의 경우에는 글 (B)에서 적절한 부분을 찾아 적되, 어법에 맞지 않게 쓴 경우 1점 감점이 있네요. 두 가지 내용을 합쳐서 쓴 것은 유사 답안으로 인정받을 수 있어요.

이런 문항을 처음 본 친구들은 어렵고 복잡하다고 생각할 수 있지만, 찬찬히 생각해 보면 쉽게 풀 수 있는 문항이에요.

## 2) 이렇게 공부하자!

### (1) 문법 형식을 외워 두자.

교과서 문법 정리 부분을 본 적이 있지요? 보통 'Structures' 또는 'Language Structures'와 같은 제목이 붙어 있어요. 이 부분은 단원에서 강조하는 문장의 뼈대가 되는 구조를 알려주고, 이를 활용해 영어 문장을 만들어 보는 연습을 하도록 구성되어 있어요. 이것을 이용한 문장은 서술형 문항으로 자주 출제되기 때문에 꼭 그 구조와 의미를 외워 두세요.

### (2) 목표 문법을 활용해 영어 문장을 많이 만들어 보자.

서술형이기 때문에 목표 문법을 정확히 이해하고 이를 활용해 영어 문장을 만드는 연습을 충분히 하는 것이 중요해요. 각 단원에는 두세 개의 목표 문법이 있어요. 보통 각 단원의 제목이 나오는 첫 페이지에 목표 문법이 제시되어 있고, 해당 부분에 굵은 글씨로 표시되어 있지요.

---

**(예시)**
**Language Structures**
• You **will** not be admitted **unless** you have your invitation with you.

---

간혹 연습 문제를 안 풀어보는 학생이 있는데 꼭 풀어봐야 해요. 단순히 답만 외우는 건 전혀 도움이 되지 않아요. 특히 어려운 서술형 복합 유형일수록, 교과서에 없는 문장이 주로 나오거든요. 그러니 목표 문법을 완벽히 이해하고 이를 활용해 다양한 문장을 만들어 보세요.

### (3) 문장 구조를 분석하는 것이 어렵다면 구문 독해부터 시작하자.

서술형 문항에 왜 독해 기술이 필요하냐고요? 구문 독해를 하다 보면 문장을 의미 단위로 쪼갤 수 있게 돼요. 지문에서 필요한 부분을 가져와서 답안을 작성할 때, 어떤 부분을 빼야할지 알 수 있지요. 만점을 못 받더라도 부분 점수라도 받을 수 있어요.

## 3) 시험 당일, 이렇게 풀어 보자!

### (1) 발문을 먼저 읽고 필요한 정보를 생각해 두자.

시간적, 정신적 압박 때문에 머릿속이 복잡해지면 아무 생각이 안 나거나 실수할 수 있어요. 처음부터 문장을 완성하려고 하기보다는 차근차근 접근해 보세요. 발문을 읽고 무엇을 해야 하는지 확인한 후에 지문을 읽으세요.

### (2) 지문에서 필요한 단어, 표현을 찾아보자.

처음부터 혼자 문장을 영작하는 것보다 지문에서 필요한 단어나 표현을 가져와서 쓰면 더 효율적으로 문제를 풀 수 있어요. 지문을 읽을 때 필요하거나 중요한 부분에 밑줄을 그어가며 읽어 보세요. 그리고 나서 밑줄 친 부분을 무작정 옮겨 쓰지 말고 제시하는 상황과 조건에 맞게 수정하세요.

### (3) 답안을 검토하는 습관을 들이자.

문법에서 틀린 것이 없는지 하나하나 다시 확인해 보세요. 목표 문법뿐만 아니라 '3인칭 단수의 −s', '복수형의 −s', '주어−동사의 수 일치', '명사 앞에 a/an/the'도 잘 확인해 보세요.

# Part 4.
# <u>영어 수행평가,</u>
## 이렇게 준비하자!

# 1.
# 수행평가,
## 왜 하나요?

수행평가는 여러분이 실제로 수행하는 것을 관찰하고 평가하는 것이에요. 주어진 선택지 중에서 하나를 고르도록 하는 간접 평가가 아니라 여러분이 직접 활동하도록 하는 직접 평가인 것이죠. 알고 있는 것을 직접 적용할 수 있는지 알아보고자 실생활에서 접할 과제를 제시하고, 결과물뿐만 아니라 과정까지도 평가해요. 또한, 여러분이 어떻게 협력하는지 어떤 노력을 기울이는지 확인하고 기록하지요. 수행평가를 통해 여러분을 입체적으로 관찰하고 기록에 남길 수 있어요.

## 1) 수행평가

정시를 확대한다는 정책이 발표되었지만, 학교 내신 성적은 여전히 무시할 수 없는 부분이에요. 정시로 대학에 진학하는 학생의 대부분은 재수생이거든요. 몇몇 학생들은 고등학교 입학한 후 첫 시험을 보고 나서 원하는 점수가 나오지 않으면 재수를 할 거라는 말을 하는 학생이 있어요. 하지만 미래는 알 수 없는 것이기 때문에 일단 매 순간을 열심히 해야 나중에 후회가 없답니다.

먼저 수행평가가 무엇인지 살펴볼까요? 수행평가는 주어진 선택지에서 정답을 고르도록 하지 않고 직접 무엇을 만들거나, 말하거나, 활동하게 하여 평가하는 것을 말해요. 영어로 말하는 능력을 측정하기 위해 학생이 직접 말하는 것을 선생님이 직접 보고 듣고 평가하는 것이죠. 2015 개정 교육과정에서는 '과정 중심 수행평가'를 굉장히 강조하고 있어요. 과정 중심 수행평가는 단 한 번에 끝나는 평가가 아니라 학생들이 수업에 참여하는 과정을 지속적으로 평가해요. '과제형 수행평가'는 2020년 1학기부터 폐지될 예정이에요. 따라서 매 시간 성실하게 수업에 참여하는 학생이 좋은 수행평가 성적을 받게 되지요.

그럼 수행평가를 왜 하는지 같이 알아봐요.

**첫째, 알고 있는 것을 적용할 수 있는지 확인한다.**

영어 표현을 잔뜩 암기했는데, 정작 외국인을 만나면 한 마디도 못 한다면 속상하겠죠. 이런 것을 방지하기 위함이에요. 여러분이 알고 있는 것을 직접 적용해보고 활용하면서 정말 내 것으로 만들어 사용하는 능력을 평가하는 거예요.

**둘째, 실생활에서 접할 수 있는 과제를 미리 만난다.**

수행평가는 취직 후, 또는 일상생활에서 접할 수 있는 과제를 학교에서 미리 해 보며 필요한 능력을 배우는 과정이에요. 과제나 설명을 이해하려고 하고, 자신의 의견을 제시하고, 나와 다른 의견을 경청하고, 다른 사람을 설득하고 독려해서 함께 하도록 이끄는 능력을 키우는 거예요.

**셋째, 과정과 인성까지도 기록한다.**

수행평가를 하는 동안 영어 실력이 좋은 학생들은 다른 친구를 도울 수 있고, 영어 실력이 좀 부족한 학생들은 배우려고 노력할 수 있죠. 모두 자신의 자리에서 자신의 인성과 태도, 열정을 보여줄 수 있어요. 나의 지적 능력뿐만 아니라 인성적 측면도 수행평가를 통해 드러나고, 그런 모습들이 학교생활기록부에 기록되지요.

시험 당일 컨디션이 좋지 않거나 기억이 잘 나지 않아서 시험을 자기 실력보다 못 볼 수도 있어요. 하지만 수행평가는 일회성으로 평가하는 방식이 아니기 때문에 그럴 확률이 낮지요. 이제 수행평가가 귀찮기만 한 평가가 아니라는 것을 알겠지요?

## 2) 수행평가 관련 자주 하는 질문들

**Q: 제가 리더인데, 제가 모든 수행평가를 혼자 다 해요.**
모둠 구성원들이 참여하지 않아 책임감과 점수 때문에 혼자 모든 걸 하는 학생들을 보면 무척 안쓰러워요. 리더는 구성원들의 일을 대신 해주는 사람이 아니에요. 구성원들의 참여를 이끌어 내는 사람이지요. 그런데 성적이 좋은 학생과 안 좋은 학생, 소극적인 학생, 적극적인 학생에게 물어 보면 모두 모둠에 도움이 되고 싶어 해요. 그리고 속으로 '내가 도움이 안 되면 어떻게 하지?'라고 걱정을 하고 있지요. 속마음은 같으니 서로 조금씩 응원하고 이끌어주면 됩니다. 아래와 같은 방법을 써 보세요.

1. 무엇인가 결정할 때 '네 생각은 어때? 효과가 있을 것 같아?'라며 생각을 물어보세요.
2. 역할을 나눌 때, 참여도가 낮은 친구부터 역할을 먼저 고를 수 있도록 하세요. 남은 역할을 하는 것보다 선택권을 주면 으쓱한 기분이 들지요. 특정 역할을 해주기를 바랄 때는 정중히 부탁해 봐요.
3. '나 같은 건 도움이 안 돼.'라고 자조 섞인 말을 하면, 그 친구가 가진 장점을 칭찬해 주세요. 누구나 다른 사람보다 잘하는 부분은 있어요.

이외에도 다른 여러 방법이 있지요. 나만의 방법을 찾아보세요. 그런데, 간혹 정말 힘든 모둠도 있어요. 그럴 때는 반드시 선생님께 도움을 요청하세요. 그러면 조치를 취해주실 거예요.

**Q: 저는 영어를 잘 못해서 모둠 수행평가를 할 때 도움을 못 줄 것 같아요.**
모둠 수행평가를 할 때 역할이 많은데, 학생들이 가장 잘 모르는 것은 바로 '시간 관리자'예요. 자료 조사, 토의, 시각 자료를 제작할 때, 시간을 비효율적으로 쓰는 경우가 많아요. 그러다 보면, 마감일 며칠 전에 밤을 새거나, 다른 수업 시간에 몰래 밀린 수행 과제를 하는 경우가 발생하죠. 수행평가와 관련되지 않은 이야기를 할 때 이야기를 끊고, 과제에 집중할 수 있도록 하는 사람이 필요해요. '시간 관리자'는 과제가 제시간에 끝날 수 있도록 해주어 리더 만큼이나 중요한 역할이에요.

**Q: 아이디어 회의를 할 때 아무도 아이디어가 없어요.**
아마도 '이런 말을 하면 다들 비웃지 않을까?' '이런 생각은 이미 다른 아이들도 다 했을 거야.'라는 생각에 입을 꾹 다물고 있는 경우가 많아요. 아무리 뻔한 아이디어라도 먼저 하나를 말해 보세요. 누구나 다 생각할 수 있는 것이라면 더 좋아요! 모두 그 아이디어에 대해 말을 하면서 갑자기 말하게 될 거예요. 이때 다른 사람의 아이디어를 비난하지 말아야 해요! 그런 아이디어가 모여서 창의적이고 발전적인 아이디어가 나오니까요.

**Q: 글쓰기 수행 과제에서 어떤 내용을 써야 할지 모르겠어요.**
일단 자료 조사부터 시작하세요. 선생님이 주제를 정해주셨으면, 컴퓨터를 켜서 그 주제를 검색어에 넣어 보세요. 다음, 네이버, 구글 등 여러 검색 엔진을 사용해 보세요. 검색 결과를 읽다 보면, 본인에게 흥미로운 내용이 있을 거예요. 그럼 그것을 한글 프로그램에 옮겨 두는 거죠. 나중에 그렇게 모아둔 내용만 다시 읽어 보세요. 그리고 거기서 시작하는 거예요.

# 2.
# 영어 수행평가,
## 어떤 유형이 있나요?

영어 수행평가는 보통 말하기와 쓰기가 포함된답니다. 말하기와 쓰기는 지필평가로 관찰하기 어려운 부분이기 때문이죠. 영어연극, 프레젠테이션, 프로젝트, 포트폴리오가 가장 흔히 시행되는 수행평가라고 볼 수 있어요.

## 1) 영어연극

영어연극(skit)은 보통 모둠별로 진행해요. 대본도 쓰고 연기도 해야 하기 때문에 '쓰기'와 '말하기' 실력을 모두 평가할 수 있는 것이죠. 연극의 소재나 주제는 교과서 단원의 주제 또는 본문의 내용과 연계되는 경우가 많아요. 대본을 쓰면서 배운 내용을 복습하면 내 것으로 만드는 시간이 될 거예요. 긍정적으로 열심히 하는 모습을 보여 주면 선생님의 눈에도 그 열정이 보여요.

일반적으로 영어연극은 3단계로 진행돼요.

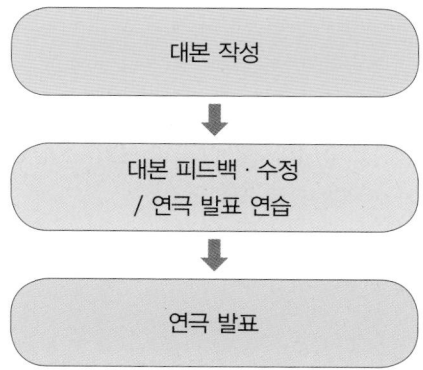

대본을 작성할 때는 도입, 전개, 결말에 담을 내용을 구조적으로 정리해야 해요. 글을 본격적으로 쓰기 전에 아이디어 맵이나 브레인스토밍을 통해 생각을 정리하면 훨씬 수월해져요. 어려운 문장 대신 배운 내용 안에서 올바른 문법과 어휘로 대본을 작성하는 것이 더 좋은 점수를 얻을 수 있어요. 대본을 작성한 후에는 내용이 논리적인지, 제한 시간 안에 발표하기에 적당한 분량인지, 문법과 어휘가 잘못된 곳은 없는지 점검하세요.

　발표 연습은 대본을 외우는 것부터 시작되지요. 대본에 있는 문장을 그대로 외우려 하지 말고 내용의 흐름을 이해하고 머릿속에 자연스럽게 연상되도록 정리하는 것이 중요해요. 머릿속에 잘 정리되어 있으면 발표할 때 자연스럽게 말할 수 있고 실수도 즉시 대처할 수 있어요. 대본을 외운 후에는 자신 있게 발표하는 연습을 하세요. 대본에 강세나 억양 등을 미리 표시해두면 자연스러운 말하기에 도움이 되지요. 또한 청중의 주의를 끄는 제스처, 동작, 시선 등도 함께 연습해야 해요. 동영상으로 발표 연습 장면을 촬영한 후 부족한 부분을 보완하는 것도 좋은 방법이에요.

　다음은 실제 연극 수행평가 안내문이에요. 대본 제출과 연극 발표에 대한 구체적인 사항이 나와 있네요. 채점 기준을 함께 살펴볼까요?

---

## 1학년 2학기 영어 수행평가 안내문

1. 교과서 본문 'The Help'를 읽고 이후에 주인공에게 일어날 일을 상상해서 모둠별로 대본을 작성한 후 연극 발표하기

2. **대본 제출 안내**
   1) 한글 문서로 작성할 것 (글씨체: 굴림, 글씨 크기: 11, 줄 간격: 160%)
   2) A4 용지 1장~1장 반 분량으로 작성할 것
   3) 모둠 구성원들이 최소 5번 이상 5줄 이상의 대사 기회를 가질 것
   4) 제출 기한: 5월 30일 점심시간까지

3. **연극 발표 안내**
   1) 6월 둘째 주 첫 번째 영어 시간에 발표
   2) 대본을 외워서 발표할 것
   3) 발표 시간은 5분 내외임
   4) 필요한 경우, 소품을 준비할 수 있음

---

## ◎ 채점 기준

| 평가 요소 / 배점 | | 4 | 3 | 2 | 1 |
|---|---|---|---|---|---|
| 대본 작성 | 과제 완성 | 대본의 형식, 제출 기한, 전체 대본 분량, 개인별 대사 분량을 모두 준수함 | 4가지 조건 중 3가지만 충족함 | 4가지 조건 중 2가지만 충족함 | 4가지 조건 중 1가지만 충족함 |
| | 언어 사용 | 정확한 어휘와 어법을 사용하여 대본을 작성함 | 대부분 정확한 어휘와 어법을 사용하여 대본을 작성함 | 어휘와 어법에 약간의 오류가 있으나 기본적인 의사소통이 가능함 | 작은 어휘와 어법 오류로 기본적인 의사소통에 제한이 있음 |
| | 태도 (동료 평가) | | | 특정 구성원들만 적극적인 자세로 참여하고 역할 분담이 균등하게 되지 않음 | 특정 구성원들이 대부분 역할을 담당하고 일부 구성원은 거의 불참함 |
| 연극 발표 | 유창성 | 발화 속도가 자연스럽고 멈춤이 없으며 발음이나 억양이 좋음 | 발화 속도가 비교적 자연스럽고 말의 멈춤이 많지 않으며 발음이나 억양이 대체로 좋음 | 발화 속도가 자연스럽지 못하고 말의 멈춤이 많으며 발음이나 억양이 부정확함 | 발화 속도가 매우 자연스럽지 못하고 말의 멈춤이 많으며 발음이나 억양이 매우 부정확함 |
| | 정확성 | 발표 전반에 걸쳐 명확한 발음 및 자연스러운 억양 유지 | 대부분 명확한 발음 및 자연스러운 억양 유지 | 일부분의 발음이 불명확하고 억양이 어색함 | 발음이 전체적으로 불명확하여 전달에 문제 있음 |
| | 비 언어적 표현 | 청중을 바라보면서 자연스럽고 적절한 몸동작을 사용하고 바른 자세로 자신감 있게 발표함 | 대체로 청중을 바라보면서 자연스럽고 적절한 몸동작을 사용하고 비교적 바른 자세로 자신감 있게 발표함 | 청중을 바라보면서 어색하지만 몸동작을 시도하며 비교적 바른 자세로 발표함 | 청중을 바라보면서 발표하는 데 어려움이 있고 몸동작이 부자연스러움 |

평가는 '대본 작성'과 '연극 발표'로 나누어서 진행돼요. 대본 작성은 '쓰기' 평가와 관련된 부분이고 '과제 완성', '언어 사용', '태도' 3가지 요소를 평가하네요.

- **과제 완성** : 수행평가 안내문에 나온 지시 사항에 따라 과제를 충실하게 완성했는지 평가해요.
- **언어 사용** : 얼마나 정확하고 오류가 없는 문장을 사용했는지를 평가해요.
- **태    도** : 얼마나 적극적으로 활동에 참여했는지 평가하는 거죠. 이 항목은 동료 평가를 한다고 나와 있네요. 보통 동료 평가로 얻는 점수 차는 크지 않지만, 선생님들은 이것을 통해 여러분이 모둠 활동에 얼마나 협조적으로 참여했는지 짐작해볼 수 있어요.

'태도'는 영어 실력과는 상관없어요. 과제를 수행하면서 다양한 아이디어를 낸다거나 친구의 아이디어에 공감해주는 것도 모두 태도에 포함돼요. 작은 것이라도 함께 참여하는 게 중요해요!

연극 발표는 '말하기' 평가와 관련된 부분이고 '유창성, 정확성, 비언어적 표현' 요소를 평가하지요. 사실, 유창성과 정확성은 거의 모든 말하기 수행평가의 채점 요소로 들어가는 항목이에요.

- **유창성**은 발화 속도나 목소리의 크기 등을 평가해요.
- **정확성**은 올바른 발음과 억양을 사용했는지 평가해요.
- **비언어적 표현**은 몸짓, 표정, 목소리, 말투가 얼마나 자연스러운지 평가해요.

연극 수행평가에서 제일 중요한 것은 뭐니 뭐니 해도 대사 암기예요! 대사를 다 외우지 못하면 긴장하게 되고 자연스럽게 연기할 수 없거든요. 특히 무대에만 서면 긴장이 되고 무대 공포증이 심한 학생들도 있을 거예요. 이것을 극복하기 위한 방법은 본인의 대사를 완벽하게 외우고, 대사에 맞는 몸짓이나 표정까지도 함께 연습하는 게 좋아요. 혹시라도 대사에 발음이 헷갈리는 단어가 있다면 영어 사전을 통해 발음을 꼭 확인하고 정확하게 연습하세요. 연습만큼 훌륭한 해결책은 없어요. Practice makes perfect!

## 연극 대본 작성 기본 순서

1. Develop your idea. (아이디어 개발)

2. Decide the details of the skit. (연극 세부 사항 결정)

3. Create the characters. (등장인물 설정)

4. Begin writing the skit. (대본 작성 시작)

5. Write the events in order. (사건 순으로 작성)

6. Read over the outline. (전체 내용 검토)

## 2) 프레젠테이션

프레젠테이션(presentation)은 자료를 조사하여 발표하는 형식의 수행평가로 학교에서 흔히 하는 수행평가예요. 주제에 적합한 자료를 인터넷이나 책에서 찾아 정리한 내용을 영어로 효과적으로 전달할 수 있는지 확인하려는 것이죠.

일반적으로 아래와 같은 단계로 진행돼요.

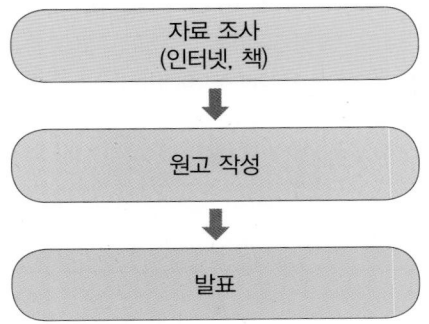

자료 조사는 가정에서 할 수도 있고, 수업 시간 중 컴퓨터실로 이동해 자료를 조사할 시간을 주기도 해요. 이때 시간을 효율적으로 사용해야 해요. 중학교 때 보다 과제의 깊이가 있고, 깊은 사고력을 요구하기 때문에 시간이 부족해요. 자꾸 미루면 마지막에 완성을 못할 수도 있어요. 그러면 학생 입장에서는 피곤하기만 한 과제가 되고, 선생님 입장에서는 그 학생의 진정한 역량을 볼 수 없죠.

• 수행평가 준비 시간을 알뜰하게 쓰세요.
• 구상, 계획은 미리미리!
• 준비 시간에는 잡담하지 말고 구성원들과 토의, 조사!

보통 수행평가를 안내할 때 아래와 비슷한 안내문을 제공하므로 잘 보관하세요. 반드시 포함되어야 하는 내용이나 영어 표현, 마감일 등이 적혀 있어요. 과제를 하면서, 이런 요소가 다 포함되었는지 확인해야 해요.

---

### 영어 수행평가 안내 – 자료 조사 발표

**자신이 좋아하는 그림에 대해 조사하고 발표하기**

▶ **수행평가 유형:** 자료 조사 발표 [52점]

▶ **평가 내용:** 모둠이 관심 있는 그림에 대해 조사하고 발표한다.

▶ **필수 포함 내용**
1. 그림을 선정한 이유, 모둠원이나 모둠 전체와 연계하기
2. 화가 소개
3. 그림에 대한 전반적인 느낌

▶ **목표 표현:** 세 항목 중 2개 사용 (한 항목에 두 개 사용하는 경우, 한 개로 인정)
- on the top/bottom, on the left/right, in the middle/background/foreground
- Overall, it looks like, it seems like, The picture shows
- I'm into, The painting seems, My impression about the picture is that

▶ **마감일:** 자료 조사지 4/12, 원고 4/26, 시각 자료 5/3

▶ **시각 자료를 필수로 포함해야 함**

---

선생님이 주시는 평가 기준을 잘 보관하세요. 평가 기준을 참고하면 어떻게 좋은 점수를 받을 수 있는지 알 수 있고, 그것에 맞춰 발표를 준비하면 훨씬 수월해요.

그럼, 수행평가 평가 기준을 살펴볼까요?

## ◎ 영어 수행평가 안내 - 자료 조사 발표

■평가 기준

<table>
<tr><td rowspan="3" colspan="2">계획서</td><td>자료 조사지의 항목을 빠짐없이 성실하게 작성함</td><td>6</td></tr>
<tr><td>자료 조사지의 항목 중 일부 누락하였으나 대체로 성실하게 작성함</td><td>4</td></tr>
<tr><td>자료 조사지의 반 이상 누락하였음</td><td>2</td></tr>
<tr><td rowspan="14">쓰<br>기<br>22<br>점</td><td rowspan="7">원고</td></tr>
<tr><td rowspan="4">내용</td><td>원고 내용이 주제에 맞고, 단어를 60개 이상 사용했으며, 내용이 충분히 전개됨</td><td>10</td></tr>
<tr><td>원고 내용이 주제에 맞지만, 단어를 40개 이상 60개미만으로 사용하였거나, 내용이 전개에 있어 아쉬운 부분이 있음</td><td>8</td></tr>
<tr><td>원고 내용이 주제에 맞지만, 단어를 20개 이상 40개미만으로 사용하였거나, 내용이 충분히 전개되지 않음</td><td>6</td></tr>
<tr><td>원고 내용이 주제와 연관이 없거나 단어를 20개미만으로 사용하였고, 내용이 거의 전개되지 않음</td><td>4</td></tr>
<tr><td rowspan="3">언어</td><td>목표 표현이나 어휘를 2개 이상 사용하고, 어법 사용이 자연스러워 효과적으로 의미가 전달됨</td><td>6</td></tr>
<tr><td>목표 표현이나 어휘를 1개 이상 사용하였거나, 어법 사용이 어색한 부분이 있어 구 단위 이상의 수정이 필요함</td><td>4</td></tr>
<tr><td>목표 표현이나 어휘를 사용하지 않았거나, 어법 사용이 어색해 문장 단위 이상의 수정이 필요함</td><td>2</td></tr>
</table>

<table>
<tr><td rowspan="13">말<br>하<br>기<br>30<br>점</td><td rowspan="3">시각<br>자료</td><td>시각적으로 보기 좋게 배치되어 발표 내용의 이해를 도움</td><td>4</td></tr>
<tr><td>발표 내용의 이해를 돕지 못함</td><td>2</td></tr>
<tr><td>시각 자료를 준비하지 않음</td><td>0</td></tr>
<tr><td rowspan="4">발표<br>내용</td><td>준비한 발표 내용을 전부 전달함</td><td>10</td></tr>
<tr><td>준비한 발표 내용의 1/4-2/4 정도가 누락, 혹은 1/4-2/4 가량 원고를 보고 읽거나 다른 내용을 발표함</td><td>8</td></tr>
<tr><td>준비한 발표 내용의 2/4-3/4 정도가 누락, 혹은 2/4-3/4 가량 원고를 보고 읽거나 다른 내용을 발표함</td><td>6</td></tr>
<tr><td>준비한 발표 내용의 3/4 이상 누락, 혹은 3/4 가량 원고를 보고 읽거나 다른 내용을 발표함</td><td>4</td></tr>
<tr><td rowspan="3">발화</td><td>목소리의 크기가 적절하고, 발음과 억양이 자연스러워 청중들이 이해할 수 있음</td><td>10</td></tr>
<tr><td>목소리의 크기가 다소 작거나, 쉼이 부적절한 곳에 있거나 단어의 발음이나 억양이 틀려 이해를 약간 방해함</td><td>8</td></tr>
<tr><td>목소리의 크기가 매우 작고, 쉼이 부적절한 곳에 있으며, 단어의 발음이나 억양이 틀려 이해를 방해함</td><td>6</td></tr>
<tr><td rowspan="3">자세</td><td>자세가 자연스럽고, 시선이 자연스럽게 청중을 향함</td><td>6</td></tr>
<tr><td>발표 내용 전달과 관계없는 특정 행동(손/몸을 흔드는 등의 행동)을 반복적으로 보이거나, 시선이 청중을 향하고 있으나 한 곳에 고정되어 어색해 보임</td><td>4</td></tr>
<tr><td>발표하는 시간의 대부분 청중이 아닌 다른 곳(원고, 슬라이드, 바닥 등)을 향하고 있음</td><td>2</td></tr>
</table>

*마감일을 하루 지나 제출할 때마다 1점 감점, 최대 3점까지 감점

평가 기준을 보면, 말하기 영역 점수가 쓰기 영역 점수보다 배점이 높은 걸 알 수 있어요. 쓰기 영역에서는 원고 내용 점수가 가장 높네요. 원고는 60개 이상 단어를 사용하면서 내용이 충분히 전개되면 되고요. 필수 내용을 단순히 한 문장씩만 적는 것이 아니라 그에 대한 추가 설명을 한두 문장 혹은 그 이상 적으라는 의미로 보여요. 언어 영역의 어법에서는 구문 표현이 어색하면 감점이 되므로, 'a'와 'the'의 쓰임과 같은 작은 것에 지나치게 고민하지 않아도 되겠어요. 계획서 항목에서 좋은 점수를 얻으려면 자료 조사지를 모두 성실히 작성해야 해요.

발표할 때 사용할 시각 자료는 청자가 발표 내용을 이해하는 데 도움이 되는지가 기준이 되네요. 상식적으로 그림이 너무 작거나, 작은 글씨가 빼곡하게 있다면 큰 도움이 안 되겠죠? 청자 입장에서 시각 자료를 준비해야겠어요. 발표 내용 항목을 보니, 1/4 정도 원고를 보고 말하면 감점이 되기 시작하네요. 1~2번 잠깐 원고를 보는 것은 괜찮겠어요. 이와 같이 각 항목을 하나씩 보며 준비를 어떻게 해야 할지 생각해 볼 수 있어요.

Q. 발표하다가 할 말을 잊어버리면 어쩌죠?
평가 기준을 보면, 준비한 내용 중 1/4~2/4를 보고 읽는 것부터 감점이 되잖아요? 25% 이내로 살짝 보는 것은 감점이 없을 것 같네요. 이와 같이 평가 기준에 감점 정도가 나와 있어요. 평가 기준을 받아 읽어 볼 필요가 있겠죠?

## 3) 프로젝트

프로젝트(project)는 주로 장기적으로 진행되는 수행평가예요. 간혹 수행평가를 쉬엄쉬엄 하면 된다고 생각하는 학생들이 있는데 프로젝트 수행평가는 그렇지 않아요. 의미 있는 사회 이슈에 대해 인식 조사를 하거나 해결책을 만들어 보기도 하고, 지금보다 나은 학교나 놀이터를 디자인 해보기도 하지요. 하지만, 그냥 미술 시간이 아니라 영어 지문을 활용하지요. 처음엔 무척 힘들지만, 실제 프로젝트를 마치고 설문 조사를 해보면, 많은 학생들이 그 주제에 관심이 생기고, 더 깊게 알고 싶다는 마음이 생겼다고 해요.

이렇게 장기적으로 진행한 수행평가는 선생님이 학교생활기록부에 기록을 해요. 학생이 주제에 대해 얼마나 관심을 갖고 노력을 했는지, 그리고 친구들과 선생님의 피드백을 통해 얼마나 성장했는지 관찰한 내용을 바탕으로 기록해요.

그럼, 프로젝트 안내문을 함께 볼까요?

---

### 우리 역사 전시회 프로젝트

모둠별로 선정한 문화재에 담긴 역사적 사건, 의미 등을 UCC로 만들어 전시하기

◆ **프로젝트 진행 절차**
  1. 모둠별 문화재 선정
  2. 문화재와 연관된 역사적 사실 조사
  3. 그에 관련되어 UCC 만들기 (카드 뉴스, 연극 등)
  4. 문화재 사진에 QR Code/AR 형태로 동영상 입히기

◆ **필수 포함 내용**
  – 문화재 이름
  – 문화재 제작 시대
  – 문화재와 연관된 역사적 사건 · 사실

◆ **프로젝트 종료일** : 11월 마지막 영어 시간
  – 마감일 지나 제출할 경우, 하루마다 1점 감점. 최대 4점 감점

---

이 안내문은 우리 문화재에 담긴 역사를 알려주는 UCC 프로젝트에 관한 것이에요. 안내문을 보면 프로젝트도 자료 조사 발표와 비슷해 보이죠? 다만, UCC를 만들어야 하니, 스토리보드를 작성해야 해서 일반적으로 아래와 같은 순서로 진행돼요.

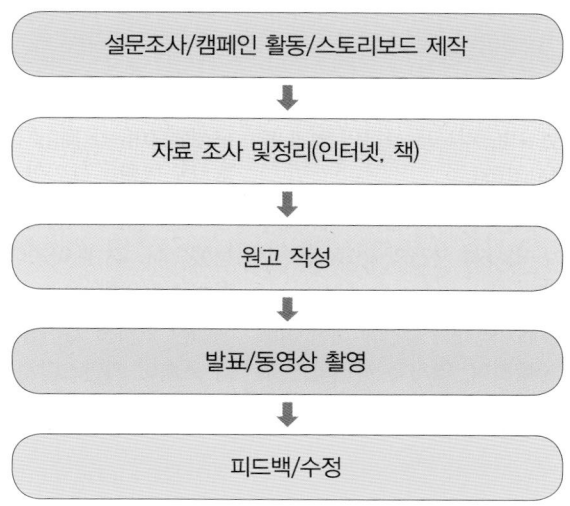

UCC 제작에 부담감을 가지는 학생들이 있어요. 그런데 사실 UCC 제작의 장점이 있어요. 바로 '재촬영이 가능하다'는 점이죠. 자신이 해야 할 말을 잊어버렸다면 다시 찍을 수 있어요. 교실에서 발표하다가 잊어버리면 감점을 당하잖아요. 그런데 UCC는 그런 마음의 부담을 갖지 않고 진행해도 되니까 정신 건강에 좋다고 볼 수 있죠.

만날 시간을 정하고 동영상을 촬영하고 편집해야 하는 점이 불편할 수도 있어요. 만날 시간을 정하기 어려울 때는 각자 찍어서 하나로 편집하는 방법도 있어요. 이때 배경의 통일감이 있도록 칠판이나 창문 앞에서 찍으면 좋을 듯해요. 동영상 편집을 잘하지 못한다면 휴대 전화로 그냥 쭉 촬영하는 방법도 있어요. 어려움을 해결하는 완벽한 방법은 아니지만, 상황에 따라 적절하게 대처하는 방법을 찾아보세요.

## ◎ 평가 기준

다음은 프로젝트 평가 기준이에요. 프레젠테이션 평가 기준과는 약간 다르게 보이죠?

### [평가 대상] – 스토리보드

| 수준 | 내용 | 구성 |
|---|---|---|
| 4 | 선택한 문화재와 역사적 사건에 대한 이해도가 매우 높으며, 역사적 사건의 인과 관계가 매우 잘 나타남. | 선택한 역사적 사건을 장면으로 잘 나누어 구성했으며, 각 페이지에서 활용한 자료의 출처를 명확히 표기함. |
| 3 | 선택한 문화재와 역사적 사건에 대한 이해도가 높으며, 역사적 사건의 인과 관계가 비교적 잘 나타남. | 선택한 역사적 사건을 장면으로 나누어 구성했으며, 각 페이지에서 활용한 자료의 출처를 표기함. |
| 2 | 선택한 문화재와 역사적 사건에 대한 이해도가 다소 부족하여, 역사적 사건의 인과 관계가 다소 미흡함. | 선택한 역사적 사건을 장면으로 나누었으나 흐름이 자연스럽지 않음. 각 페이지에서 활용한 자료의 출처를 표기함. |
| 1 | 선택한 문화재와 역사적 사건에 대한 이해도가 부족하여, 역사적 사건의 인과 관계가 거의 나타나지 않음. | 선택한 역사적 사건을 장면으로 나누는 데 어려움이 있으며, 각 페이지에서 자료의 출처를 표기하지 않음. |

### [평가 대상] – 자료 조사

| 수준 | 내용 및 구성 |
|---|---|
| 4 | 모둠별로 선정한 문화재와 그와 연관된 역사적 사건에 대해 구체적 사실을 조사하고 이를 구체적이고 자세하게 작성함. |
| 3 | 모둠별로 선정한 문화재와 그와 연관된 역사적 사건에 대해 비교적 구체적으로 조사하고 정리함. |
| 2 | 모둠별로 선정한 문화재와 그와 연관된 역사적 사건에 대한 조사 내용이 다소 미흡하고 정리 내용도 다소 미흡함. |
| 1 | 모둠별로 선정한 문화재와 그와 연관된 역사적 사건에 대한 조사 내용이 매우 미흡함. |

## [평가 대상] – UCC

| 수준 | 필수 포함 내용 | 구성 | 언어 사용 | 비언어적 요소 (그림/사진, 배우 움직임) | 태도 (동료 평가) |
|---|---|---|---|---|---|
| 4 | 모두 포함하고, 역사적 사건에 관한 내용이 매우 잘 나타남. | 역사적 사건이 장면으로 잘 나뉘어 구성됨. | 오류가 거의 없으며, 대부분 완성된 문장을 사용함. | 내용을 매우 잘 드러내며, 이해하기 쉬움. | 맡은 역할을 충실히 하였으며, 과제 질을 높이는데 기여했음. |
| 3 | 모두 포함하고 있으나, 역사적 사건에 관한 내용이 비교적 잘 나타남. | 역사적 사건이 장면으로 비교적 잘 나뉘어 구성됨. | 오류가 다소 있으며, 가끔 완성되지 않은 문장을 사용함. | 내용을 비교적 잘 드러내며, 이해가 대체로 쉬움. | 맡은 역할을 적절한 수준에서 임하는 모습을 보임. |
| 2 | 두 가지만 포함하고 있고, 역사적 사건에 관한 내용이 다소 미흡함. | 역사적 사건이 장면으로 나뉘었으나, 흐름이 자연스럽지 않음. | 오류가 여러 개 있으며, 자주 완성되지 않은 문장을 사용함. | 내용을 드러내나, 이해하기에 다소 어려움. | 맡은 역할을 충실히 하지 않았음. |
| 1 | 한 가지만 포함하고 있고, 역사적 사건에 관한 내용이 매우 미흡함. | 역사적 사건이 장면으로 나뉘지 않았으며, 흐름이 자연스럽지 않음. | 오류가 매우 많으며, 대부분 완성되지 않은 문장을 사용함. | 내용을 제한적으로 드러내, 이해하기에 어려움. | 맡은 역할을 전혀 하지 않음. |

평가 대상이 세 부분으로 구분되어 있네요. 아무래도 오랜 기간 진행되다 보니 세세하게 평가를 하네요. 스토리보드와 UCC 모두 내용과 구성 측면이 있어요. 이것은 스토리보드에서 내용과 구성 측면에서 낮은 점수를 받았다 하더라도, 이를 잘 수정하면 UCC에서 좋은 점수를 받을 수 있다는 것을 의미하지요.

**Q. 만약 모둠 구성원들이 무임승차하면 어떻게 하죠?**

중학교에서는 무임승차가 가능했을지 몰라도, 고등학교에서는 대부분 무임승차를 허용하지 않아요. 대부분 점수가 개인적으로 부여되지요. 모둠 점수가 부여되기도 하지만, 매우 작아요. 또한, 앞에 제시된 평가 기준에서도 확인할 수 있듯이, 동료 평가나, 교사의 관찰 평가를 통해 참여도를 확인하고 개인에게 낮은 점수를 부여할 수도 있어요.

## 4) 포트폴리오

포트폴리오(portfolio)는 '학생이 산출한 작품을 체계적으로 정리한 작품집 또는 서류철을 이용한 평가 방법'을 말해요. 예를 들면, 여러분이 매 시간 하는 학습지 또는 영어 독서 활동 후 제출하는 book report, reading journal 등이 모두 포트폴리오에 속해요. 요즘은 쓰기 수행평가에서 3~4 차시에 걸쳐 한 편의 글을 완성하는 과제가 많은데, 이 과정에서 여러분이 작성한 모든 것이 포트폴리오 평가에 포함될 수 있어요. 다음에 있는 포트폴리오 수행평가의 예시와 채점 기준을 살펴보세요.

### 1학년 1학기 수행평가 안내문

**1. 수행평가 과제명: Reading Journal 작성 및 제출하기**
수업 시간 '7분 영어 독서' 활동 시간에 읽은 책의 독서 일지 작성 및 제출

**2. 제출 안내**
1) 제출 마감 : 7월 10일 수요일 점심시간까지
2) 제출 개수 : 총 5회를 작성하며, 영어 또는 한글로 작성 가능

**3. 필수 요소 : 다음 내용을 반드시 준수하여 작성할 것**
▶ 최소 10줄 이상 작성할 것
▶ 줄거리, 인상 깊은 문구, 자신의 느낀 점, 이 3가지를 포함할 것

**4. 채점 기준 및 배점 :**

| 영역 | 내용 | 점수 |
|---|---|---|
| 포트폴리오 | 필수 요소를 포함한 Reading Journal 5개를 제출함 | 5점 |
| | 필수 요소를 포함한 Reading Journal 4개를 제출함 | 4점 |
| | 필수 요소를 포함한 Reading Journal 3개를 제출함 | 3점 |
| | 필수 요소를 포함한 Reading Journal 2개를 제출함 | 2점 |
| | 필수 요소를 포함한 Reading Journal 1개를 제출함 | 1점 |
| | 필수 요소를 포함한 Reading Journal 미제출 | 0점 |

▶ 필수 요소를 준수하지 않은 독서 일지는 −0.5점씩 감점
▶ 제출 기한을 어긴 경우 1점 감점

'포트폴리오' 평가는 장기간에 걸쳐 과제물을 제출하는 것이므로 무엇보다 '성실성'을 평가할 수 있는 평가 유형이에요. 기간 내에 제출해야 할 것들을 빠뜨리지 않고 잘 정리하여 제출하는 것이 '포트폴리오' 평가에서 좋은 점수를 받는 비결이에요.

# 3.
# 영어 수행평가,
## 어떻게 대비해야 하나요?

수행평가 안내문이 배부되면, 주의 사항을 숙지하고 준비해야 해요. 말하기 평가를 대비하기 위해 평소에 발음과 억양 등을 연습하는 등 전달 능력을 높이기 위한 노력을 기울여야 해요. 원고를 작성하기 전에는 자료 조사를 바탕으로 내용을 충실히 준비하고, 사전을 참고하여 정확한 어휘로 원고를 써야 해요. 시각 자료는 청중의 입장에서 내용을 이해하는 데 도움이 되고 또한 발표에 집중할 수 있는 시각 자료를 만들어야 해요.

# 효율적인 영어 수행평가 대비 요령

## 1) 수행평가 안내문을 확인하자!

수행평가에서 좋은 점수를 받기 위해서는 수행평가 안내문을 잘 읽어봐야 해요. 학기 초에 선생님이 이번 학기 수행평가에 관해 안내해 주실 거예요. 칠판에 수행평가 공지를 붙이기도 하고, 학교 홈페이지에 평가 계획을 공지하기도 하고, 가정통신문으로 나누어 주기도 하지요.

안내문을 보고 어떤 수행평가를 언제 어떤 식으로 하는지 날짜와 방법을 반드시 확인하세요. 제출할 결과물이 있는 수행평가라면 제출일이 언제까지인지 달력에 표시해 두세요. 매 시간 학습지를 검사하는 수행평가를 한다면 수업 시간에 충실히 학습지를 채워야겠죠? 그리고 채점 기준도 알아두어야 해요. 어떤 기준으로 평가하는지 알면 그에 맞춰 대비할 수 있거든요. 평가 기준까지 꼭 확인하세요.

## 2) 전달 능력을 높이자!

말하기의 기본적인 목적은 소통이에요. 내가 하는 말이 상대에게 잘 전달되어야 해요. 그래야 소통이 가능하니까요. 발음이나 억양, 목소리 크기, 시선 등을 대수롭지 않게 보는 경향이 있지만, 사실 무척 중요한 요소예요.

### (1) 발음과 억양

여기에서 발음과 억양, 목소리의 기준은 원어민과 같은 수준을 말하는 것이 아니에요. '상대방이 이해할 수 있는가' 또는 '상대방에게 의미가 전달될 수 있는가'를 살펴보는 것이지요. 그래서 원어민과 같은 수준의 발음이 아니더라도 만점을 받을 수 있어요.

Q. 저는 발음에 자신이 없는데, 어떻게 하면 될까요?

만약 발음 연습을 더 하고 싶다면, 앱을 활용해서 연습해 보세요. 발음 연습을 위해서는 같은 영상이나 문장을 반복해서 연습하는 것도 좋아요. 그리고 입모양을 크고 정확하게 만들며 큰 목소리로 연습하세요. 입을 많이 안 움직이거나 작은 목소리로 말하면 발음이 무너지고 웅얼거리는 것처럼 들리거든요.

 ■ 네이버 사전 앱

대부분 사전 앱 하나 정도는 가지고 있죠? 네이버 사전 앱을 내려 받으면 기본으로 포함된 기능으로 나의 발음과 원어민의 발음이 어떻게 다른지 알려줘요.

'repeat/따라 읽기' 클릭

마이크 버튼으로 녹음

원어민과 발음 차이 측정

## ■ELSA Speak

이 앱에서 제시하는 문장을 따라 읽으면 본인의 발음 수준을 확인할 수 있어요. 각각의 모음/자음을 어느 정도의 수준으로 발음할 수 있는지 분석하여 전문적으로 알려줘요. 상황별 대화를 스마트폰으로 역할놀이(role-play)하면, 잘못 발음하는 철자를 색으로 표시해 줘요. 그리고 어떻게 하면 발음을 더 잘할 수 있는지 조언도 해주지요. 이것은 외국 앱이므로 영어로 조언을 해준다는 점이 살짝 당황스러울 수는 있어요. 이때는 번역기 앱을 활용해 보세요.

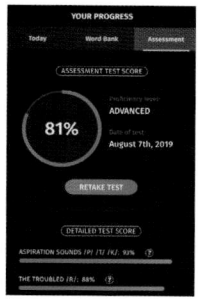 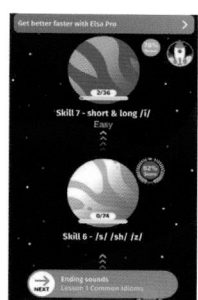 

수준 확인 테스트            부족한 발음 연습            주제별 문장 연습

## ■ 투덥 (2DUB)

다양한 영화 동영상을 듣고, 내가 주인공이 되어 목소리를 녹음하고 공유할 수 있어요. 재미로 따라 하다 보면 나도 모르게 자연스러운 발음을 할 수 있게 되죠. 한 번 더빙(dubbing)할 때마다 버즈(buds)를 사용해야 하고, 다른 사람의 영상에 'Likes'를 주거나 본인이 'Likes'를 받는 등의 방법으로 버즈를 받을 수 있어요. 다른 사람의 영상을 보느라 본인 공부를 못할 수 있고, 한국 드라마 동영상만 보게 될 수도 있으니, 자기 조절 능력이 강한 사람에게 추천합니다.

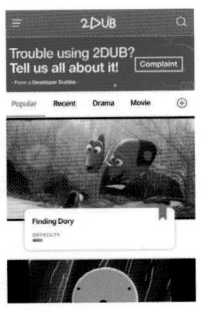

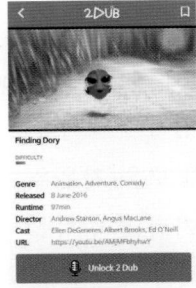

버즈 모으는 방법　　　　　영화/드라마 클립　　　　Unlock 2 Dub(더빙)

 ■Accent Training

영어는 강세가 있는 언어예요. 단어 내에서도 강하게 발음되는 철자와 약하게 발음되는 철자가 있지요. 문장 내에서도 강하게 발음되는 단어가 있고, 약하게 발음되는 단어가 있어요.

이 앱은 약하게 발음되는 단어를 붉은색 발음 기호로 표시하여 자연스럽게 말할 수 있도록 해줘요. 혼자 녹음한 소리를 듣는 기능만 제공하기 때문에 어느 정도 발음에 자신이 있는 학생들에게 추천해요.

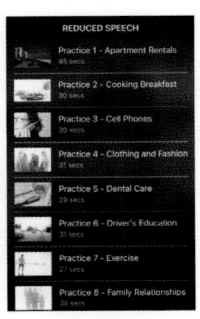

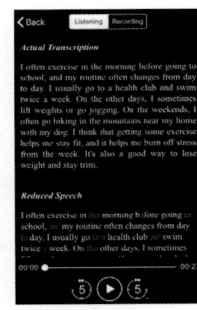

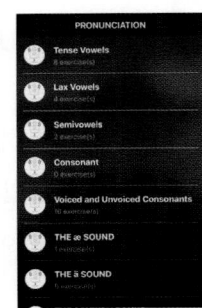

선택 화면　　　　　　발음 기호 있는 지문　　　　　단어 발음 연습

## (2) 목소리의 크기

오전에 신나게 체육을 하고, 점심을 맛있고 배부르게 먹은 후 5교시 수업에 들어 갔어요. 그런데 선생님이 잘 안 들리는 목소리로 수업한다고 생각해 보세요. 자장 가로 들릴 것 같지 않나요? 발표자는 청중이 귀 기울이는 노력을 하지 않도록 해야 할 책임이 있어요. 모든 사람이 잘 들을 수 있는 목소리로 말해야 해요. 어느 정도 의 목소리가 큰 목소리냐고요? 마지막 줄에 앉은 사람이 충분히 들을 수 있는 목소 리여야 해요.

## (3) 시선

쑥스러워서 혹은 긴장을 해서 바닥이나, 벽을 보며 이야기하는 학생들이 있어요. 특히 시각 자료를 사용할 때, 시각 자료를 보며 설명하는 친구들이 많아요. 발표자 는 시각 자료를 가리키면서 설명하는 것이지, 시각 자료를 보고 말을 하면 안 돼요. 친구들을 보면서 말을 해야죠. 그렇다고 한 사람만 뚫어지게 쳐다보면 안 돼요. 자 연스럽게 시선을 옮기는 연습을 하세요.

> Q. 자연스럽게 청중을 보는 연습을 어떻게 해야 하나요?
> 집에 있는 가족이나, 애완견, 거울을 보면서 연습해 보세요. 이때 자연스러운 표정이나 제스처도 취해 보세요. 가장 좋은 방법은 자기 발표 모습을 동영상으로 촬영해 보는 거예요. 처음엔 오글거리지만, 몇 번 반복하면 어떤 부분을 보완해야 할지 알 수 있어요!

## 3) 탄탄한 내용을 갖추자!

이제 수행평가의 내용적인 부분을 살펴볼게요. 수행평가 채점 기준에서 아무래도 내용(content) 점수가 차지하는 비중이 커요. 아무리 발음이 좋고 문법적으로 완벽해도 '속 빈 강정'처럼 전달하려는 내용이 부실하다면 좋은 점수를 받을 수 없겠죠? '속이 꽉 찬' 과제를 하려면 어떻게 하면 좋을지 같이 알아볼까요?

### (1) 자료 조사를 충실히 하자!

자료 조사가 꼭 필요한 수행평가가 있어요. 특정 주제에 대해 조사해서 프레젠테이션을 하는 수행평가를 생각해 보세요. 여러분은 어떤 식으로 자료 조사를 하나요? 대부분 '네이버'나 '다음'과 같은 인터넷 검색 엔진에 들어가서 조사하는 경우가 많을 거예요.

하지만 인터넷에 있는 자료가 모두 믿을 수 있는 좋은 자료는 아니에요! 예를 들면, 유튜브나 블로그 등에는 검증되지 않은 개인의 의견이 마치 사실인 것처럼 제시되어 것도 있고, 잘못된 정보들도 많아요. 여러분이 찾은 내용이 어떤 자료를 근거로 했는지 확인하는 게 중요해요. 많은 정보 속에서 진짜 정보를 가려내는 것도 중요한 능력이에요!

그리고 자료를 검색할 때 국내 검색 엔진 보다 'Google'에서 영어 자료를 검색해 보는 것을 추천해요. 'Google'에서 영어로 키워드를 입력하여 검색하면 정말 많은 영어 자료를 볼 수 있어요. 영어 자료를 보다 보면 해당 주제와 관련된 좋은 영어 표현들을 많이 접할 수 있고 영어 독해 실력 또한 향상될 수 있어요.

'Google'에서 검색할 때 아래와 같은 팁을 알아두면 더 정확하고 빠르게 검색할 수 있어요.

① " " (큰따옴표)

가장 많이 쓰는 유용한 기능인데요. " " 사이에 원하는 단어나 구문을 넣으면 해당 단어나 구문이 포함된 내용만 검색되지요. 검색의 정확도가 높아져 내가 원하는 정보를 찾을 수 있죠.

② intitle (제목으로만 검색하기)

'intitle:' 뒤에 원하는 검색어를 입력하면 제목에 키워드가 포함된 검색 결과만 볼 수 있어요.

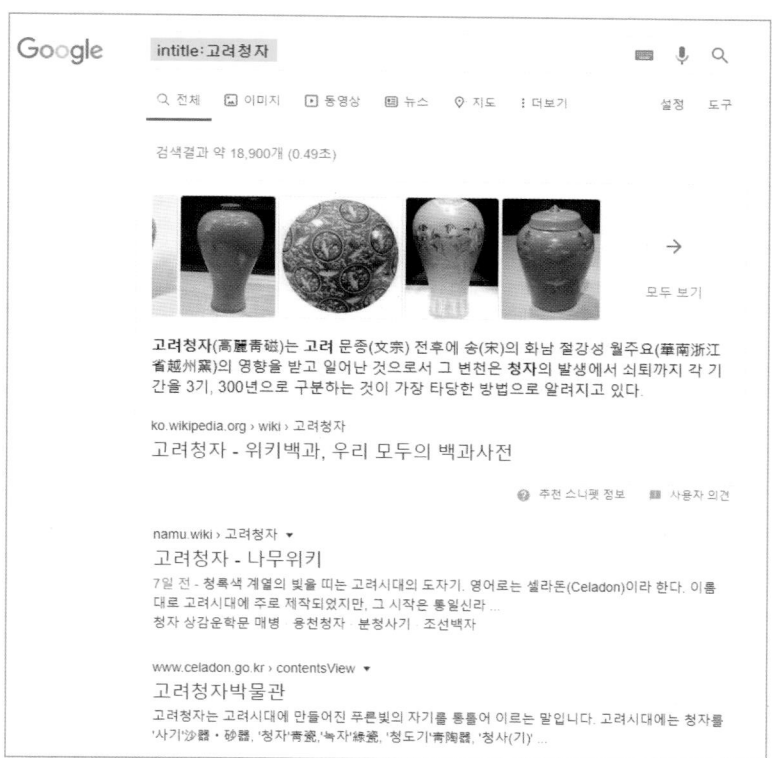

### ③ filetype (특정 파일 형식 검색하기)

찾고자 하는 검색어 뒤에 'filetype: 확장자'를 입력하면 특정 종류의 파일만 검색되지요. 확장자에는 'pdf, ppt, hwp' 등 원하는 파일 형식을 입력하면 돼요.

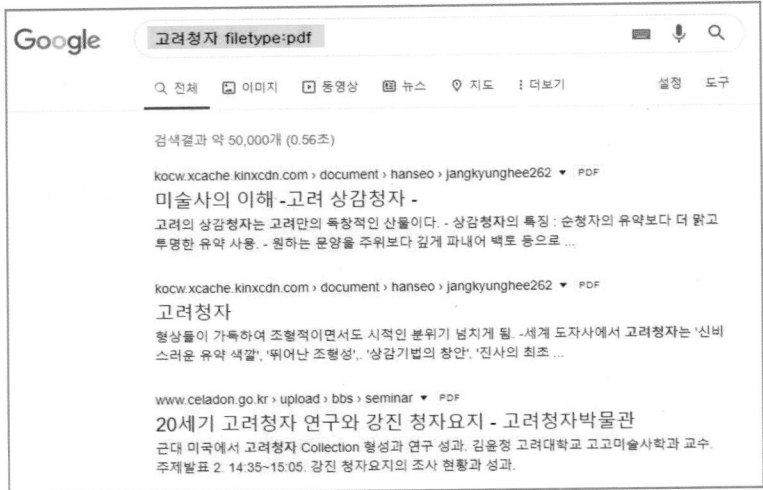

### ④ *(별표)

기억나지 않는 부분에 '*'를 넣어서 검색하면 그 부분을 자동으로 채워서 검색해 줘요. 영작할 때 어떤 전치사를 입력해야 할지 몰라서 검색하고 싶다면 그 자리에 '*'를 입력하고 검색해 보세요.

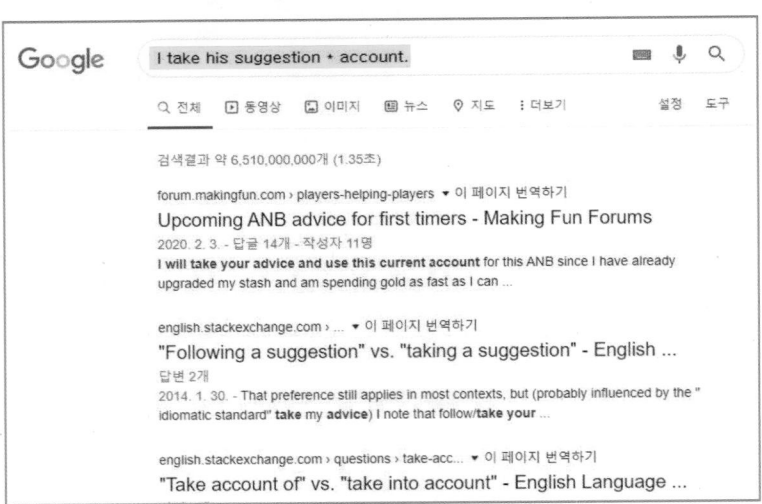

⑤ **검색어 or 검색어** (두 단어 중 하나라도 들어간 자료 검색)

검색을 원하는 두 단어 사이에 'or'를 넣고 검색하면, 두 검색어 중에서 하나라도
포함하고 있는 검색 결과를 모두 표시하여 보여줘요.

## (2) 출처를 밝히자!

인터넷에서 검색한 자료를 자신이 직접 쓴 것처럼 그대로 베껴 과제를 제출하면 그건 '표절(plagiarism)'이에요! 요즘은 인터넷에서 그대로 베껴서 제출하면 '0점 처리'를 하는 학교들도 많아요. 인터넷에서 가져온 부분은 누구의 말을 인용했는지 꼭 출처를 밝히는 게 좋아요. 다음과 같은 표현을 이용해서 출처를 밝히면 돼요.

- According to A : A에 따르면
- As A says : A가 말하는 것처럼
- A says that ~ : A가 ~라고 말하다
- A claims that ~ : A가 ~라고 주장하다

그리고 여러분이 참고한 자료는 '참고 문헌'으로 정리하여 과제의 마지막 부분에 출처를 밝히는 것이 좋아요. 책을 참고한 경우 '도서명, 출판사, 저자'를 밝히고, 신문 자료를 참고한 경우 '○○ 일보(0000.00.00)'와 같은 방법으로 표시하면 돼요. 요즘은 인터넷에서 자료를 많이 찾는데, 인터넷의 경우 해당 페이지의 URL을 밝히면 돼요. 이렇게 출처를 명확히 밝히면 과제 내용이 조금 더 객관적으로 느껴질 뿐만 아니라 자료 조사를 열심히 한 여러분의 노력도 나타낼 수 있어요!

# 4) 정확한 언어로 표현하자!

말하기와 쓰기 수행평가 모두 채점 기준을 보면 '정확성'이나 '언어 사용'이라는 평가 요소가 있어요. 여러분이 사용한 문장에 문법적 오류가 없는지 또는 어휘 사용이 정확한지 등을 평가하는 것이죠. 물론 사소한 문법 실수는 채점 대상에 포함되지 않을 수도 있어요. 어느 정도까지 문법의 정확성을 평가하는지 궁금하다면 담당 영어 선생님에게 확인하는 것이 제일 정확하겠죠?

## (1) 간결하고 명확하게 표현하자!

간혹 세련되고 멋진 글을 쓰고 싶다는 욕심에 때문에 어려운 어휘와 복잡한 구조의 문장을 쓰는 학생들이 있어요. 물론 다양한 문장 구조를 사용하는 것은 필요하지만, 쓸데없이 복잡하게 쓴다든가 어렵고 추상적인 어휘로만 문장을 만들면 오히려 의미 전달에 방해가 되지요.

다음 두 문장을 비교해 보세요. 어떤 문장이 더 쉽게 이해될까요?

> Ⓐ We are endeavoring to construct a more inclusive society.
> (우리는 보다 통합적인 사회를 건설하기 위해 노력하고 있습니다.)
> Ⓑ We're going to make a country in which no one is left out.
> (우리는 누구도 소외되지 않는 나라를 만들 것입니다.)

Ⓐ는 미국 프랭클린 루스벨트 대통령의 연설문 작성가가 써준 문장인데 루스벨트 대통령이 더 쉽고 명확하게 고쳐 쓴 것이 Ⓑ예요. Ⓑ가 더 명확하게 이해되지요? 어려운 어휘를 많이 쓴다고 수행평가에서 좋은 점수를 받는 것은 아니에요. 여러분의 의도가 상대에게 정확하게 전달되도록 간결하고 명확하게 표현하는 것이 더 중요하지요.

## (2) 영어 사전을 활용하자!

정확한 표현을 위해 영어 사전을 참고하는 것도 좋은 방법이에요. 특히 인터넷 영어 사전을 이용하면 단어의 여러 가지 의미는 물론 해당 단어가 어떤 맥락에서 사용되는지, 어떤 형식으로 사용해야 하는지에 대한 정보도 알 수 있어요. 그리고 함께 자주 쓰는 단어를 알려 주는 사전도 있어서 이를 이용하면 좀 더 정확한 영어 표현을 할 수 있어요.

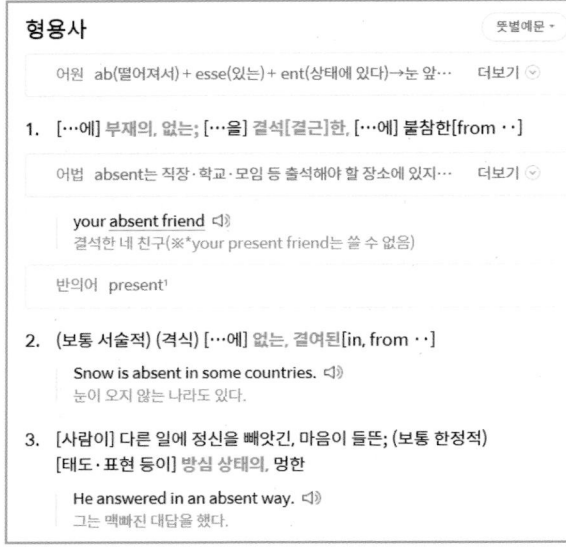

예문을 통해 단어가 쓰이는 맥락 파악이 가능하고 단어의 어원과 어법적 요소도 알 수 있어요.

〈출처〉 다음 영어 사전

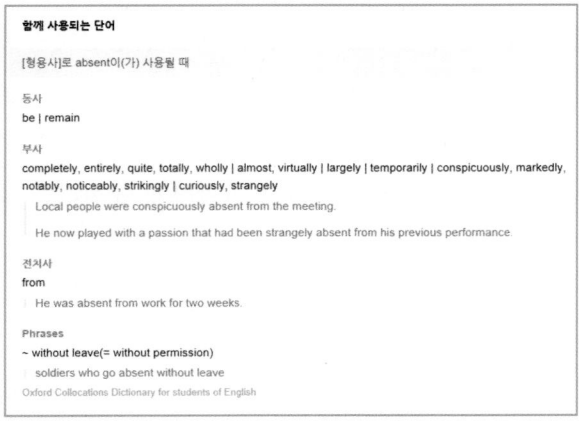

함께 사용되는 단어를 통해 보다 자연스러운 영어 표현을 알 수 있어요.

〈출처〉 네이버 영어 사전

## (3) 영문법 검사 프로그램을 이용하자!

영문법을 검사하는 프로그램을 이용하는 것도 좋아요. 대표적으로 Grammarly, ProWritingAid, Ginger 등이 있는데, 모두 무료로 이용할 수 있어요. 여러분이 작성한 글의 기본적인 철자나 간단한 문법 오류를 찾아서 어떻게 고쳐야 하는지도 알려줘요. 이런 앱들을 이용해서 글을 수정하고 제출한다면 언어적인 부분에서 감점당하는 일은 줄어들겠죠?

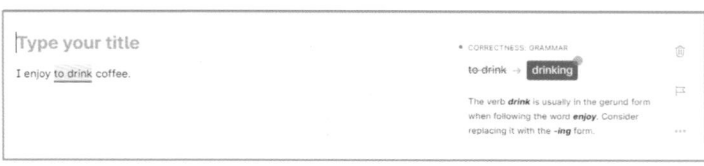

Grammarly

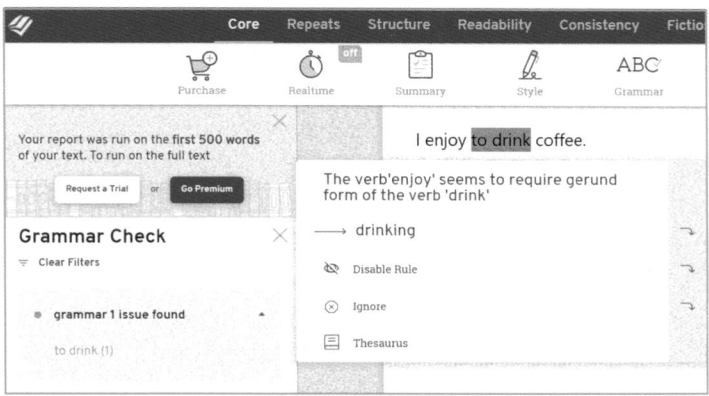

ProWritingAid

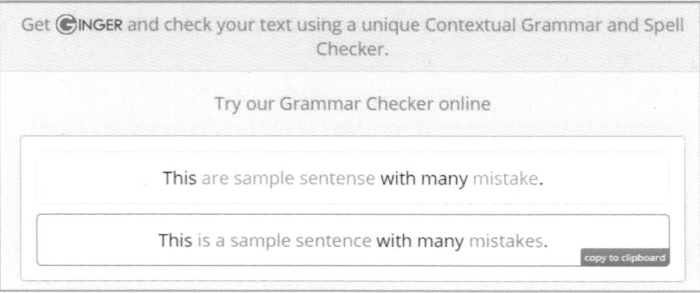

Ginger

Q. 저는 영작이 너무 어려워요. 번역 앱을 사용해도 될까요?

요즘은 다양한 번역기 앱으로 영작을 하는 학생들이 많지요. 하지만 영어를 배우는 여러분이 번역기 앱에 의존하는 것은 영어 실력 향상에 도움이 되지 않아요. 그리고 선생님들은 여러분이 스스로 영작했는지 번역기 앱을 사용해서 영작을 했는지 알 수 있어요. 일단 여러분의 힘으로 영작을 해보세요. 스스로 영어 문장을 만드는 재미와 즐거움을 느꼈으면 좋겠어요. 자신이 작성한 영문을 번역기 앱을 통해 한글로 번역해보고, 의미가 제대로 완성되었는지 확인하는 보는 것은 괜찮아요.

## 영작에 도움이 되는 조언 8가지

1. 매일 영어로 글쓰기를 연습하라.

2. 글쓰기에 가장 좋은 시간과 장소를 찾아라.

3. 주제를 정하고 영작하라.

4. 영어 일기를 꾸준히 써라.

5. 친구에게 자신의 글을 검토하게 하라.

6. 항상 영어 사전을 가까이 하라.

7. 동의어와 반의어를 공부하라.

8. 큰 소리로 영어 책을 읽어라.

## 5) 효과적인 시각 자료를 만들자!

　시각 자료를 만들라고 했더니 파워포인트 슬라이드에 원고 내용을 입력하고, 그 내용을 주~욱 읽으면 발표 끝이라고 생각하는 학생들이 더러 있어요. 시각 자료는 발표자가 보고 읽기 위한 대본이 아니에요. 말로만 설명하면 이해하기 어려운 것을 시각적으로 보여주어서 이해를 돕기 위함이죠.

### (1) 효과적으로 표현하자!

아래 두 슬라이드 중 어느 것이 더 효과적일 것 같나요?

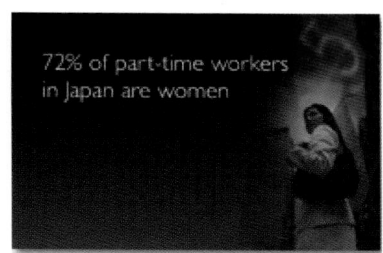

　왼쪽에는 많은 정보가 적혀 있지만, 오른쪽에는 놀라운 사실만 적혀 있어요. 오히려 자세한 내용이 없으니, 발표자가 무슨 말을 할지 더욱 궁금하죠? 시각 자료를 만든 후에는 다음 사항을 확인해 보세요.

- ■ 핵심적인 내용만 간단히 들어갔는가?
- ■ 글자 크기가 눈에 잘 들어오는가?
- ■ 애니메이션 효과가 적절하게 들어갔는가?
- ■ 시각 자료가 잘 보이는가?
- ■ 색깔의 사용이 효과적인가?

[유의 사항] 내려 받은 폰트와 동영상을 사용한 경우 파워포인트 파일만 옮기면 안 돼요!
내려 받은 폰트를 사용하거나 동영상을 삽입한 파워포인트만 USB에 담아 옮기면, 폰트가 깨지거나, 동영상이 재생되지 않아요. 폰트 파일과 동영상을 함께 USB에 저장해야 돼요.

## (2) 시각 자료 제작 소프트웨어를 알아보자!

### ■ 파워포인트

학교에서 가장 많이 사용하는 것이 마이크로소프트사의 파워포인트예요. 집에 있는 컴퓨터에 파워포인트가 없다면, 학교에 알아보세요. 2015년부터 전국 초 · 중 · 고등학생, 대학생에게 무료로 Office 365 Education을 보급하고 있거든요. 학교에서 가입 인증 코드를 받은 후 'http://www.o365edu.net'에 접속하여, 개인 정보와 인증 코드를 입력하면 간단하게 설치할 수 있어요.

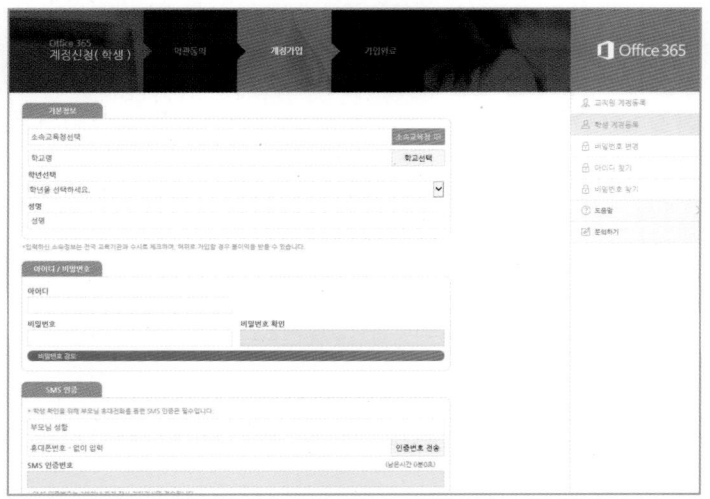

■ 구글 슬라이드

학교에서 가입 인증 코드를 받을 시간이 없다면, 구글 슬라이드를 사용하는 것도 좋은 방법이에요. 구글 웹사이트 'www.google.com/slides/about'에 들어가면 마이크로소프트사에서 제공하는 것과 같은 슬라이드를 사용할 수 있어요.

물론 구글 웹사이트에 가입해야 사용할 수 있어요. 아래 그림 오른쪽 상단에 있는 노란색 'Share'를 누르면 같은 구성원들과 슬라이드를 공유하게 되어 동시에 공동 작업도 가능해요!

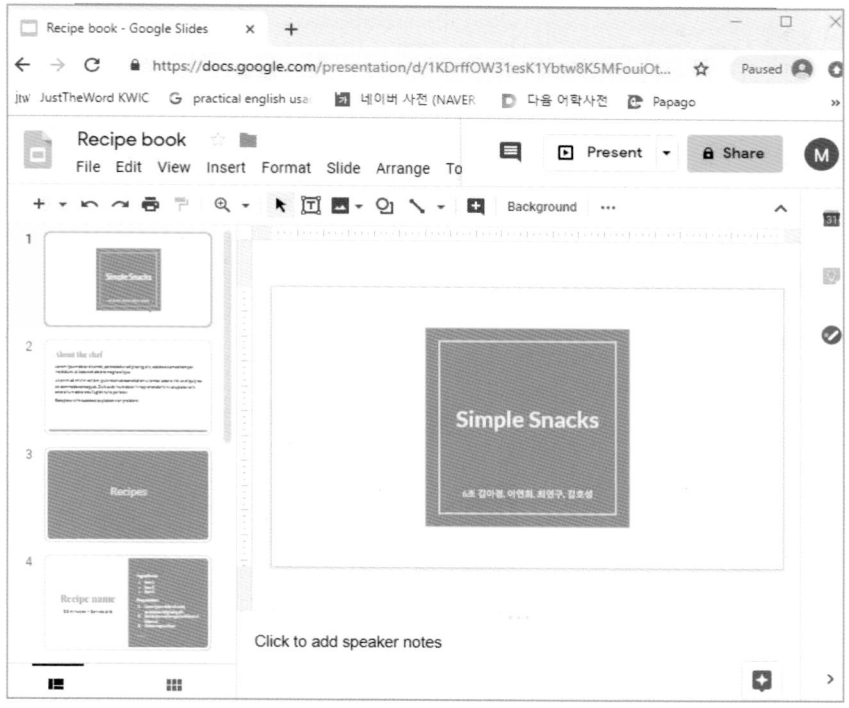

■ **망고 보드**

인포그래픽, 카드 뉴스, 프레젠테이션 등을 만들 수 있는 곳이에요. 다양한 템플릿이 있어서 편하게 작업할 수 있어요.

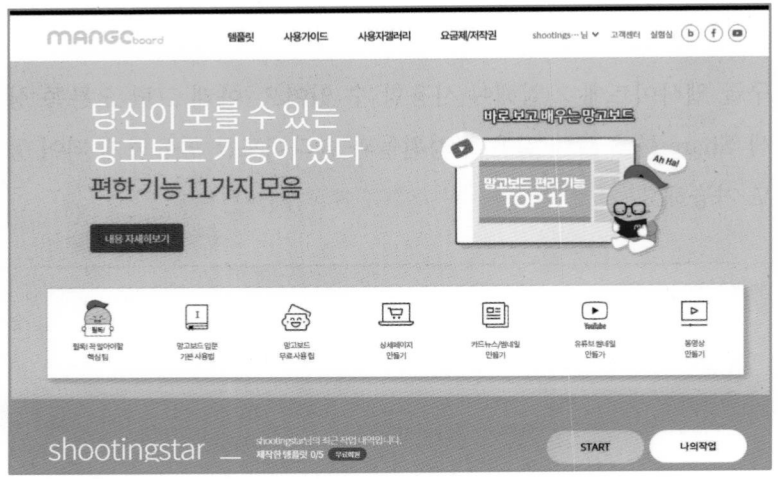

# Tip. 말하기 수행평가 발표 전 체크 리스트

**구성**

**서론**
- [ ] 도입부의 길이가 적절한가?
- [ ] 도입부가 흥미로운가?
- [ ] 도입부에 발표의 목적이 있는가?

**본론**
- [ ] 내용이 충분히 전개되었는가?
- [ ] 청중에게 적절한 양의 정보를 제공했는가?
- [ ] 주장을 뒷받침하는 근거가 충분한가?

**결론**
- [ ] 결론부에서 발표 내용을 요약정리 하는가?
- [ ] 마음을 울리는 맺음말이 있는가?

**유기성**
- [ ] 흐름이 자연스러운가?
- [ ] 필요한 부분에 화제 전환 표현을 사용했는가?

**출처**
- [ ] 발표와 시각 자료에 출처를 명시했는가?

**발표**

- [ ] 내용이 자연스럽게 전달되었는가?
- [ ] 군더더기 말(음, 어…)을 너무 많이 사용하지 않았는가?
- [ ] 목소리가 잘 들리는가?
- [ ] 적절한 의미 단위로 끊어 말하는가? (Chunking이 적절한가?)
- [ ] 말의 속도가 적절한가?
- [ ] 억양과 단어의 강세가 자연스러운가?

**시각 자료**

- [ ] 시각 자료가 내용 전달에 도움이 되는가?
- [ ] 슬라이드의 개수가 발표의 길이에 비해 적절한가?
- [ ] 서체, 색도, 서체 크기 등이 잘 보이고, 간단명료한가?

Part 5.
# 학교생활기록부,
## 이렇게 준비하자!

지금까지 영어 내신 성적을 올리는 방법에 대해 살펴봤어요. 그런데 내신 성적 외에도 여러분이 신경 써야 하는 것은 바로 '학교생활기록부(이하 학생부)'예요. 학생부는 크게 '교과 영역'과 '비교과 영역'으로 나눌 수 있어요. 아래 표에 밑줄 친 부분에 영어와 관련된 활동 내용이 기재될 수 있지요.

| 교과 영역 | 비교과 영역 |
| --- | --- |
| 교과 학습 발달 상황<br>(→ 영어 과목 세부 능력 및 특기 사항) | • 인적 사항<br>• 학적 사항<br>• 출결 상황<br>• 수상 경력 (→ 영어 관련 대회)<br>• 자격증 및 인증 취득 상황<br>• 창의적 체험 활동 상황 (→ 영어 관련 동아리)<br>• 독서 활동 상황 (→ 영어 과목별 독서)<br>• 행동 특성 및 종합 의견 |

대학 입시에서 수시 비중이 높은 것을 생각하면 고1부터 학생부를 꾸준히 관리할 필요가 있어요. 학생부에 기재될 수 있는 영어 관련 활동에 대해서 자세히 알아볼게요. 모든 학생에게 필요한 내용이지만 특히 영문학과, 영어교육과, 어문 계열 쪽으로 진학을 희망하는 학생들은 더욱 주목하세요!

---

### 고등학교 학교생활기록부 주요 기재 항목 및 내용

**1. 교과 학습 발달 상황**
- 성적 정보 : 원 점수, 과목 평균, 성취도, 석차 등급 등
- 교과 세부 능력 특기 사항 : 과목당 500자 기재 / 1년(고교 3년간 이수 ≒ 40 과목, 약 23,000자)
   ※ 3년간 총 40여 명의 교과 담당 교사가 성취 수준, 학습 활동 내용, 참여도, 구체적인 성장 사례 등 학생 참여 수업과 과정 평가 결과를 기재하는 360° 다면 평가

**2. 행동 특성 및 종합 의견**
- 학급 담임이 수시로 관찰하여 기록된 행동 특성을 바탕으로 작성한 종합 의견
- 3년간 총 1,500자(500자/1년)가 기재되며, 교과 학습과 비교과 활동을 모두 포함

---

# 1.
# 과목별 세부 능력 및 특기 사항,
## 무엇을 기재하나요?

학교생활기록부 기재 사항이 대부분 간소화되는 추세지만, 유일하게 기재 사항이 강화된 항목이 바로 '과목별 세부 능력 및 특기 사항'이에요. 이 항목을 통해 대학에서는 여러분이 수업 시간에 얼마나 성실하고 적극적으로 참여했는지 알 수 있지요. 그리고 여기에 기재된 내용은 여러분이 자기소개서를 쓸 때도 바탕이 될 수 있어요.

# 과목에 대한 집중도 및 우수성을 엿볼 수 있는 과세특!

## 1) 과세특이란?

과세특은 '과목별 세부 능력 및 특기 사항'을 줄여서 부르는 말이에요. 교육부에서 발표한 학교생활기록부 기재 요령에 따르면 과세특을 다음과 같이 설명하고 있어요.

> '세부 능력 및 특기 사항'란에는 특기할 만한 사항이 있는 과목 및 학생에 대하여 과목별 성취기준에 따른 성취 수준의 특성 및 학습활동 참여도 등을 문장으로 입력한다.

여러분의 수업 시간 학습 활동이나 성취도에 대해서 담당 교과 선생님이 기록하는 것이죠. 수시의 비중이 늘어나면서 과세특 항목의 중요성이 점점 커지고 있어요. 여러분이 실제 수업 시간에 어떻게 활동했는지 담당 과목 선생님의 주관적인 평가가 들어가기 때문에 대학에서도 유심히 살펴보는 항목이거든요.

Q. 저랑 안 맞는 선생님이 과세특을 안 좋게 써주시면 어쩌죠?

관찰한 내용을 전부 쓴다면 여러분이 잘못한 내용, 실수한 내용이 모두 들어가야 맞겠죠. 하지만, 일반적으로 선생님들은 그런 부분보다는 특기할 사항을 써주시죠. 대학에서는 한 선생님이 작성한 내용보다는 모든 선생님이 여러분을 어떻게 바라보는지 보기 때문에, 너무 걱정할 필요 없어요.

## 2) 과세특, 이렇게 기재된다!

조금 더 구체적으로 과세특에는 어떤 내용이 있는지 알아볼까요? 교육부 기재 요령을 살펴보면 과세특에 기재 가능한 내용은 다음과 같아요.

> • 학생 참여형 수업 및 수업과 연계된 수행평가 등에서 관찰한 내용을 입력하고, …
> • 지필평가와 수행평가 결과를 토대로 과목별 성취 기준에 따른 성취 수준의 특성 및 참여도, 태도 등 특기할 만한 사항을 구체적이고 객관적으로 입력한다.

과세특에 좋은 평가가 기록되려면 무엇보다 수업 시간에 최선을 다하는 게 중요해요. 여러분이 수업 시간에 한 모든 활동이 기록의 바탕이 되거든요. 기본적인 수업 태도, 수행평가 내용, 모둠 활동 참여도, 질문이나 발표 등 모든 것이 선생님의 관찰 대상이에요. 모둠 활동을 하면서 드러나는 인성과 과제에 대한 태도 등도 기록될 수 있고, 점수로는 나타나지 않는 여러분의 모습을 기록하기도 해요.

특히 모둠 활동의 경우, 모둠 구성원들이 모두 같은 점수를 받아도 과세특에는 모둠 구성원 중에서 가장 많이 힘쓰거나 열심히 활동한 학생이 있다면, 이런 점에 대해 선생님들은 따로 기록할 수 있어요. 선생님들은 여러분의 작은 행동 하나하나에도 관심을 가지고 모두 관찰하고 계신다는 사실을 명심하세요!

> Q. 학생부에 기록되고 싶은 내용을 따로 조사해서 선생님께 말씀드리면 되나요?
> 원칙적으로 수업 시간에 하지 않은 활동에 대해서는 기재할 수 없어요. 그리고 선생님께 무엇을 적어달라고 하는 것은 굉장히 무례하게 받아들여질 수 있어요. 학교생활기록부는 선생님이 관찰한 내용을 기록하는 것이니까요. 여러분이 남기고 싶은 내용은 대학원서 접수하고 제출하는 자기소개서에 쓰면 돼요.

Q. 전 아무것도 기록되어 있지 않았는데, 이건 무슨 의미인가요?

여러 의미일 수 있기 때문에 무척 조심스럽네요. 하지만, 다음과 같은 경우가 있을 수 있겠어요.

1. 수업을 열심히 듣고, 필기만 한 경우 : 수업을 열심히 듣고 필기를 잘하는 건 학생의 기본이지요. 그것을 했다고 기록하는 것은 큰 의미가 없어요.

2. 수업, 모둠 활동을 방해한 적이 꽤 있는 경우 : 사실 관찰한 것을 다 적으려면 잘한 것, 못한 것 다 적어야겠죠. 사실 잠깐 장난친 것을 잘못했다고 생각하는 선생님은 거의 없어요. 그런데, 매 시간 떠들거나, 활동에 불성실하게 참여하거나, 다른 친구를 놀리고 수업을 방해하는 행동을 하면 문제가 되겠죠.

# 2.
# 수상 경력,
## 무엇을 기재하나요?

학교에는 다양한 교내 대회가 있어요. 모든 교내 대회를 준비하고 참가해서 좋은 결과를 내기란 어려운 일이에요. 따라서 본인이 강점을 가진 분야를 파악해서 이 분야의 대회를 미리 준비하는 게 좋아요. 영어 교과와 관련된 대회는 학교마다 다양해요. 학기 초에 대회 일정을 확인해보고 미리 준비하세요.

# 자신의 관심 분야와
# 관련있는 대회 위주로 참가해야!

수상 경력에는 말 그대로 여러분이 받은 상을 기재하는 거예요. 그런데 학생부에는 학교 밖에서 받은 상은 기록할 수 없어요. 교육부의 학생부 기재 요령을 보면 다음과 같이 나와 있어요.

> 학교생활기록부 수상 경력에는 '재학 중 학생이 교내에서 수상한 상의 명칭, 등급, 수상 연월일, 수여 기관명, 참가 대상(참가 인원)'을 입력해요.

학년 초에 담임 선생님이 학사 일정을 나누어 주거나 학급에 게시하면 잘 살펴 두세요. 학사 일정에는 교내 대회 일정이 모두 나와 있거든요. 학교마다 차이는 있지만, 영어 교과와 관련해서 영어 말하기 대회, 영어 에세이 대회, 영어 어휘력 경시 대회 등이 있어요. 이 중 본인이 관심이 있고 나가고 싶은 대회가 있다면 달력에 잘 표시해 두고 미리 준비하세요.

Q. 학교 공부도 바쁜데, 대회를 모두 나가야 하나요?
꼭 그럴 필요는 없어요. 본인이 생각하기에 도전해볼 만하다는 생각이 드는 대회만 집중적으로 준비해서 참가하는 게 좋아요. 진로와 관련 있거나 본인이 자신 있는 대회 준비에 집중하고, 나머지 시간에는 다른 교내 활동에 에너지와 열정을 쏟는 걸 추천해요. 특히 2020학년도부터 수상 경력은 기존대로 모두 기재하되, 상급 학교에 제공되는 수상 경력 개수는 학기당 1개로 제한돼요!

# 3.
# 동아리 활동,
## 어떻게 해야 하나요?

고등학교 동아리 활동은 대학 입시와 진로 결정을 위해 굉장히 중요해요. 자신의 관심 분야가 무엇인지 곰곰이 생각해서 신중하게 동아리를 정해야 해요. 학교마다 영어와 관련된 다양한 동아리가 있을 거예요. 특히 국제·외교·어문 계열 등의 학과로 진학을 희망하는 학생들은 영어 관련 동아리 활동을 하는 것이 입시와 진로에 많은 도움이 된답니다.

# 진로 선택에 중요한
# 역할을 하는 동아리 활동

동아리는 자신의 진로와 연관된 것을 택하는 것이 좋아요. 그래야 진로에 대해 더 고민해볼 수도 있고 원하는 학과에 지원할 때 자기소개서에 작성할 내용도 생겨요. 영어 관련 학과나 경영학과, 정치 외교학과 같이 영어 능력이 중요한 학과에 진학을 희망하는 학생들은 영어 관련 동아리에 가입하는 것이 좋겠죠?

영어 관련 동아리에는 여러 가지가 있어요. 예를 들면, '영어 프레젠테이션 동아리, 원서 읽기 동아리, 영어 토론 동아리, 영어 회화 동아리, 영미 문화 탐구 동아리, 영어 신문 동아리' 등이 있어요.

만약 학교에 원하는 동아리가 없다면 마음이 맞는 친구들끼리 동아리를 개설할 수도 있어요.

동아리 활동을 하면서 유의할 점은 활동 내용을 잘 기록해둬야 한다는 거예요. 일종의 '동아리 포트폴리오'를 만드는 거예요. 일단 동아리 담당 선생님이 여러분의 활동을 한눈에 파악하기 쉬워져요. 여러분이 동아리 안에서 다양한 활동을 하는데, 이 모든 내용을 담당 선생님이 속속들이 알고 있기란 불가능하거든요. 따라서 동아리 활동 시간마다 무엇을 했는지 활동 일지에 기록하고 사진을 찍어서 증거를 남겨 놓으면 선생님이 이를 바탕으로 좀 더 객관적이고 자세하게 여러분의 활동을 학생부에 기록할 거예요.

> **동아리 포트폴리오에 기록할 사항**
>
> ✓ 활동 주제
> ✓ 참가한 학생
> ✓ 활동 일자
> ✓ 각 학생이 한 활동 요약
> ✓ 각 학생이 한 활동 결과물 (조사 보고서, 소감문)

동아리 포트폴리오는 여러분이 자기소개서를 쓸 때도 유용하게 사용될 수 있어요. 고3이 되어 자기소개서를 쓸 때 기록을 남겨두지 않았다면 어떤 활동을 했는지 기억이 희미해져 구체적인 내용을 쓰기가 어려울 수 있거든요. 이럴 때 동아리 포트폴리오를 참고한다면 자기소개서를 쓰는 데 좋은 참고 자료가 되겠죠? 학교에 별도의 동아리 활동 양식이 없다면 다음에 있는 '동아리 활동 일지'를 참고하세요.

## 동아리 활동 일지 양식

<table>
<tr><td colspan="4" align="center">동아리 활동 일지</td></tr>
<tr><td rowspan="3">동아리명</td><td rowspan="3"></td><td>지도교사</td><td></td></tr>
<tr><td>부장</td><td></td></tr>
<tr><td>차장</td><td></td></tr>
<tr><td>동아리 구성원<br>이름 (학번)</td><td colspan="3"></td></tr>
<tr><td>활동 시간</td><td colspan="3">년    월    일       시 ~    시</td></tr>
<tr><td>활동 장소</td><td colspan="3"></td></tr>
<tr><td>활동 내용</td><td colspan="3"></td></tr>
<tr><td>반성 및 평가</td><td colspan="3"></td></tr>
</table>

# 4.
# 독서 활동,
## 어떻게 해야 하나요?

많은 학생들이 영어 원서 읽기를 굉장히 어렵게 생각하지만, 본인의 수준에 맞는 책을 고르면 원서 읽기는 재밌을 뿐만 아니라 독해 실력 향상에도 큰 도움이 돼요. 자신의 수준에 맞는 원서를 선택하고 영어 독서 감상문을 기록하는 방법에 대해서 함께 알아보기로 해요.

# 진정성 있는 독서 활동이 중요!

## 1) 독서 활동, 이렇게 기재된다!

학생부 '독서 활동 상황'에는 교과별로 독서 활동 내용이 기재될 수 있어요. 간단하게 '도서명(저자명)'만 기재하지만, 영어 관련 학과에 진학하기를 희망하는 학생들은 영어 교과에 독서 활동이 기재되는 게 좋아요. 물론 다른 전공을 희망해도 원서를 읽었다는 것은 플러스 요인이 될 수 있어요. 영어로 된 원서를 스스로 읽어봤다는 것은 꽤 괜찮은 활동이니까요.

내신 성적에 비해 지나치게 어려운 원서를 읽었다고 기록되면, 독서 활동 내용 전체에 대한 신뢰성이 떨어지고 오히려 안 좋은 인상을 줄 수도 있어요.

원서를 읽고 독서 기록을 작성해서 담당 영어 선생님에게 확인을 받고 기록을 부탁하면 돼요. 학교에 따라 독서 기록을 우리말로 작성한 경우는 인정하지 않고 영어로 작성한 것만 영어 교과 독서 활동으로 인정하기도 하니, 미리 확인하세요.

## 2) 내 수준에 맞는 영어책, 이렇게 찾자!

자신의 수준에 맞는 영어 원서 선택이 중요해요. 멋있어 보이려고 어려운 책을 골랐다가 이해가 되지 않아 포기하면 아무 소용이 없어요. 보통 책 내용의 75%를 이해할 때 최적의 흥미를 느끼며 독서할 수 있다고 해요.

그럼 자신의 수준에 맞는 영어책을 고르는 방법 몇 가지를 소개할게요.

### (1) Five Finger Rule 적용하기

영어 원서가 내 독해 수준에 맞는지 확인하는 가장 확실한 방법은 책을 몇 쪽 직접 읽어보는 거예요. 도서관이나 서점에서 책을 보고 자신의 수준에 맞는 책을 고를 수도 있지요. 아마존 웹사이트(http://www.amazon.com/)에서 '미리 보기' 기능을 이용할 수도 있어요.

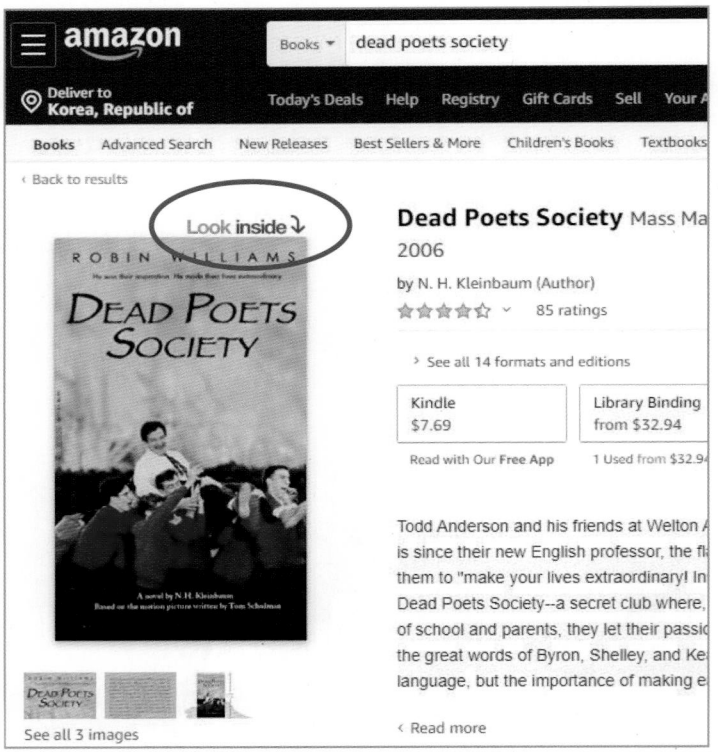

아마존 웹사이트에서 책을 검색한 후, 책 표지 오른쪽 상단에 'Look Inside'를 클릭하면 미리 보기를 할 수 있어요. 몇 쪽 읽어보면 책의 수준이 나한테 맞는지 확인할 수 있겠죠?

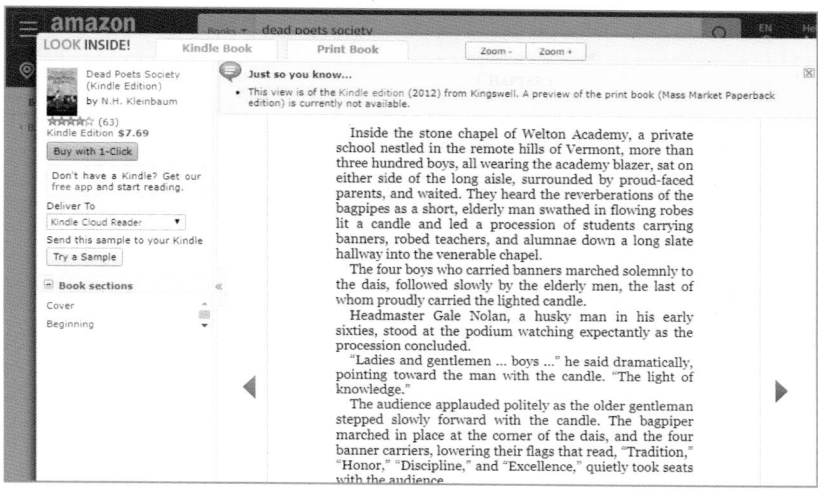

책을 몇 쪽 읽으면서 'Five Finger Rule'을 기억하세요. 이 방법은 책의 아무 쪽이나 펴고 읽으면서 모르는 단어가 나올 때마다 손가락을 하나씩 접는 거예요. 5개의 손가락이 모두 접히면 그 책은 여러분이 읽기 어려운 거예요. 한 페이지에 모르는 단어가 2~3개 정도가 읽기에 가장 적절한 수준이라고 해요.

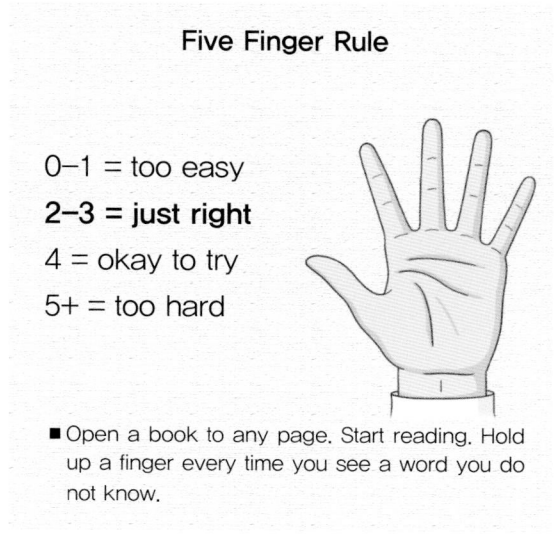

## (2) 렉사일 지수(Lexile Measure) 측정하기

렉사일 지수를 이용해 수준에 맞는 책을 선정할 수 있어요. 렉사일 지수란 개인의 영어 독서 능력과 수준에 맞는 영어책을 골라 읽을 수 있도록 하는 '독서 능력 평가 지수'를 말해요.

일반적으로 자신의 렉사일 지수를 기준으로 '-100부터 +50까지'의 범위의 도서가 읽기에 적합해요. 예를 들어, 본인의 렉사일 지수가 800L이라면 700~850L 정도의 도서를 읽는 거죠. 대략적인 렉사일 지수는 아래와 같이 간단한 방법으로 측정해 볼 수도 있어요.

### Q. 렉사일 지수를 어떻게 측정하나요?

Test Your Vocabulary 웹사이트 (http://testyourvocab.com/) 이용하기 :

이 웹사이트에 들어가면, 자신이 알고 있는 단어를 체크하는 간단한 검사를 통해 본인의 영어 어휘 수를 대략 알 수 있어요. 이렇게 나온 숫자에서 나누기 10을 하면 그게 자신의 대략적인 렉사일 지수라고 할 수 있어요. 예를 들어, 4,340 단어를 안다는 수치가 나왔으면 434가 본인의 렉사일 지수가 되는 거죠. 더욱 정확한 렉사일 지수를 알고 싶으면 유료 검사 기관을 이용해도 좋아요.

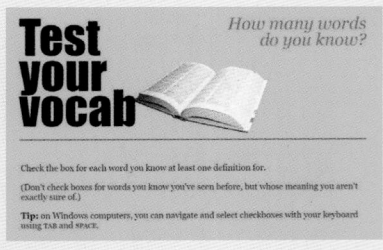

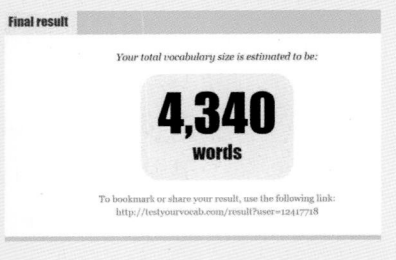

자신의 렉사일 지수를 이용해서 수준에 맞는 책을 검색할 수도 있어요.

알라딘 온라인 서점(외국 도서 >> Lexile 지수별 원서보기)이나 YES24에서는 렉사일 지수별로 원서를 추천해 주고 있어서 자신의 수준에 맞는 책을 쉽게 찾을 수 있어요.

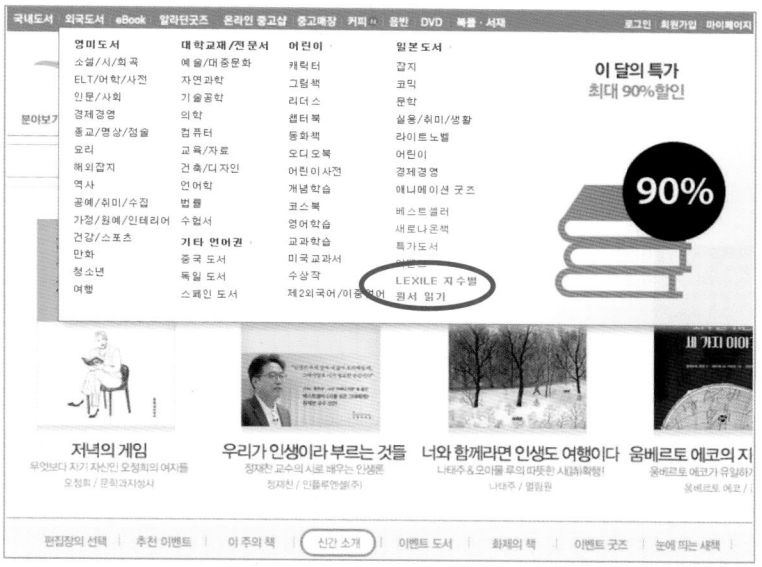

## Q. 집에 있는 책의 수준이 궁금해요.

'www.lexile.com' 웹사이트에 들어가서 렉사일 지수를 검색할 수도 있어요. 웹사이트 오른쪽 상단의 Lexile tools에서 'Find a Book'을 클릭해 보세요. 아니면 바로 아래의 URL을 입력하고 들어가도 괜찮아요.

https://hub.lexile.com/find-a-book/search

검색창에 '저자명, 도서명 또는 바코드에 적혀 있는 숫자'(ISBN 국제표준도서번호)를 입력하면 아래처럼 책의 렉사일 지수가 검색돼요.

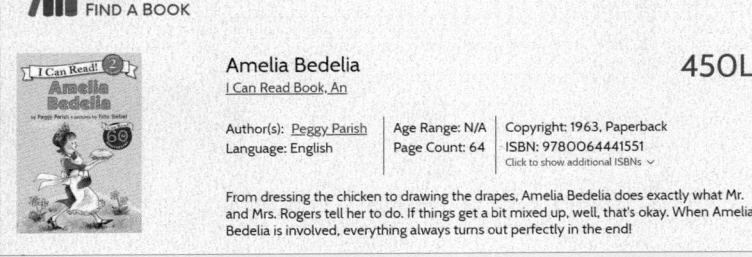

## 3) 영어 독서 감상문, 이렇게 쓸 수 있다!

영어로 독서 감상문을 쓰는 것이 어렵다면 간단한 독서 일지를 쓰는 훈련부터 시작하면 좋아요. 독서 일지에는 도서명과 저자, 가장 인상 깊은 문장이나 장면에 대해서 자신의 느낌을 덧붙여 써도 되고, 가장 마음에 드는 등장인물에 대해 느낀 점을 써도 좋아요.

조금 색다르지만, 책을 읽고 나서 저자나 주인공에게 편지를 써 보는 것도 좋고, 줄거리를 그림으로 표현하거나 그래픽 오거나이저로 정리해도 좋아요. 형식에 얽매이기보다 다양한 방식으로 표현하면서 원서 읽기에 재미를 붙이는 게 중요해요.

처음부터 완벽한 문장이나 멋있는 어휘를 쓰려고 하면 부담이 될 수 있어요. 쉬운 어휘와 문장 구조를 사용해도 괜찮으니 몇 문장이라도 써 보세요! 인터넷에서 검색하면 다양한 형식의 독서 일지 양식이 있으니 자신이 읽는 원서의 종류에 따라 활용하면 돼요.

다양한 방식으로 독서 일지를 작성하고 싶은 학생들은 다음의 독서 일지 예시를 참고해 보세요.

## 문학 독서 일지 양식

---

### My Book Report

Title :

Author :

■ Story Summary

■ Main Events

■ Story Conclusion

■ My Opinion About This Story

---

비문학 독서 일지 양식

## Non-Fiction Book Report

Title :
Author :
Topic of this book :

■ 3 Most Interesting Facts I Learned from This Book

| |
|---|
| 1. |
| |
| |
| |
| 2. |
| |
| |
| |
| 3. |
| |
| |
| |

■ 3 New Vocabulary and Definition

| |
|---|
| Word : |
| Definition : |

| |
|---|
| Word : |
| Definition : |

| |
|---|
| Word : |
| Definition : |

MEMO